MIDNIGHT
Club

CHRISTOPHER PIKE

MIDNIGHT
Club

Traduit par Arnold Petit

hachette
ROMANS

Illustration de couverture : © Julien Pico
Illustrations intérieures : Shutterstock

Traduit de l'anglais (États-Unis) par Arnold Petit

L'édition originale de cet ouvrage a paru
chez Simon Pulse, an imprint of Simon & Schuster.

Hachette Livre, 58 rue Jean Bleuzen, 92170 Vanves.

Pour ILONKA...

LE SERMENT DE L'AU-DELÀ

SPENCE SE REDRESSA :

— C'est justement pour cette raison que ces discussions sont une perte de temps. Tant qu'on sera en vie, on ne saura pas ce que c'est que d'être mort. Si ça se trouve, la grande lumière blanche que les gens disent avoir vue lors d'expériences de mort imminente n'est jamais que l'ultime tentative du cerveau pour ne pas affronter l'horreur de la non-existence.

Il marqua une pause et reprit :

— Si seulement le premier d'entre nous à partir pouvait revenir d'entre les morts, il pourrait raconter aux autres ce qui les attend.

Sandra fit une grimace horrifiée.

— C'est affreux, ce que tu dis.

Spence afficha une drôle d'expression, comme si sa propre idée le choquait.

— En quoi est-ce affreux ? demanda-t-il. Je pense même que c'est la meilleure idée que ce club ait jamais eue.

Ilonka émit un rire gêné.

— Je n'ai aucune envie qu'un fantôme vienne frapper à ma porte en pleine nuit.

— Et si nous connaissions ce fantôme ? demanda Spence en s'adressant à tout le groupe. Je suis sérieux.

Pourquoi ne pas nous faire une promesse : le premier ou la première d'entre nous qui meurt mettra tout en œuvre pour contacter les autres. Qu'est-ce que t'en dis, Kevin ?

Ce dernier demanda :

— Tu suggères que la personne en question nous fasse signe depuis l'au-delà ?

— Oui, répondit Spence.

CHAPITRE
1

ILONKA PAWLUK SE REGARDA dans la glace et décida qu'elle n'avait rien d'une mourante. Certes, elle avait le visage émacié, amaigri, tout comme le reste de sa personne, mais elle avait le regard vif, une longue et soyeuse chevelure brune et un sourire éclatant de fraîcheur. Elle souriait chaque fois qu'elle se regardait dans un miroir, même quand elle se sentait abattue. Sourire, c'était facile. En fait, c'était un simple réflexe, en particulier dans les moments où elle se sentait seule et déprimée. Mais même son humeur pouvait s'améliorer, décida-t-elle, et aujourd'hui Ilonka était déterminée à être heureuse. Un vieux cliché lui vint à l'esprit : *Ce jour est le premier du reste de ta vie.*

Cependant, il était tout bonnement impossible d'ignorer certaines vérités.

Sa longue et soyeuse chevelure était en réalité une perruque. Des mois de chimiothérapie avaient eu raison de ses ultimes mèches de cheveux. Elle était encore très malade, c'était certain, et il était probable que cette journée soit une part importante du temps qui lui restait à vivre. Mais pour l'heure elle s'interdisait d'y penser, car cela ne lui était d'aucune aide. Il fallait qu'elle se concentre uniquement sur ce qui pouvait l'aider. Telle était sa règle de vie. Elle prit un verre d'eau et goba une demi-douzaine de gélules aux plantes. Derrière elle, Anya Zimmerman poussa un grognement désapprobateur. Anya, sa voisine de chambre, était aussi une jeune fille malade. Très malade.

Ilonka fit passer ses pilules avec une gorgée d'eau.

— Je ne comprends vraiment pas comment tu arrives à t'envoyer tout ça d'un coup, dit Anya. Moi, je gerberais tout en moins d'une minute.

Ilonka déglutit et rota discrètement.

— Ça passe mieux qu'une aiguille dans le bras.

— Sauf qu'avec les piqûres l'effet ne se fait pas attendre.

Anya aimait les traitements lourds et les narcotiques. Elle y avait droit, car elle souffrait atrocement et constamment. Anya Zimmerman avait un cancer des os. Six mois plus tôt, pour éviter qu'il ne se propage, on lui avait amputé la jambe droite – en vain. Ilonka observa le reflet d'Anya dans la glace au moment où cette dernière changeait de position pour être plus à l'aise sur son lit. Elle se déplaçait souvent de cette manière, un coup par-ci, un coup par-là, mais elle ne pouvait pourtant pas quitter son corps et c'était bien là le problème. Ilonka reposa son verre d'eau et se retourna. Elle sentait déjà les plantes lui brûler le fond de la gorge.

— Je crois que les plantes font de l'effet, déclara-t-elle. Cela fait des semaines que je ne me suis pas sentie aussi bien.

Anya renifla. Elle était constamment enrhumée. Son système immunitaire était détruit – un effet secondaire habituel de la chimiothérapie et un problème récurrent dont souffraient les « invités » du centre de soins palliatifs de Rotterham.

— T'as une sale gueule, commenta Anya.

Ilonka se sentit blessée par ces mots, ce qui n'était pas nouveau, mais elle ne pouvait pas lui en tenir rigueur. Anya était du genre brut de décoffrage. Ilonka se demandait souvent si c'était la douleur qui la rendait si agressive. Elle aurait aimé l'avoir connue avant qu'elle ne tombe malade.

— Sympa, merci, répondit Ilonka.

— Enfin, je veux dire, t'as une sale gueule par rapport aux Barbies Bronzage qu'on croise dehors dans le vrai monde, précisa Anya avec précipitation. Mais comparée à moi… c'est clair que t'as bonne mine.

Elle renifla et ajouta :

— Je m'excuse. Qui suis-je pour critiquer, pas vrai ?

Ilonka acquiesça.

— N'empêche, je me sens vraiment mieux.

Anya haussa les épaules, comme si ce n'était pas une si bonne nouvelle que ça. Comme si ressentir une amélioration de son état ne pouvait que retarder l'inéluctable. Mais elle ne s'attarda pas sur la question et ouvrit le tiroir de sa table de nuit, d'où elle sortit un livre. Et pas n'importe lequel : la Bible. La méchante Anya lisait les Saintes Écritures.

La veille, Ilonka lui avait demandé pourquoi elle avait choisi ce bouquin-là. Anya avait ri et rétorqué qu'elle avait grand besoin d'une lecture légère. Qui aurait pu dire ce qu'Anya avait dans la tête ? Les histoires qu'elle racontait lorsqu'ils se retrouvaient toutes et tous à minuit étaient souvent sombres et macabres. En fait, Ilonka en faisait même des cauchemars. Difficile de trouver le sommeil quand on dormait près de la fille qui vous expliquait comment Suzy Q avait éviscéré Robbie Right. Les personnages des histoires d'Anya avaient toujours des noms de ce genre.

— Je me sens vaseuse, dit-elle.

De toute évidence, elle mentait. Même à dix grammes de morphine par jour, elle souffrait continuellement. Elle ouvrit sa Bible au hasard et commença à lire. Ilonka se leva et l'observa pendant une bonne minute sans rien dire avant de se décider à lui poser enfin la question :

— Tu es chrétienne ?

— Non, je suis mourante, répondit Anya en tournant la page. Les morts n'ont pas de religion.

— Si seulement tu acceptais de me parler.

— Mais je te parle, là. Je suis capable de lire et de discuter en même temps.

Elle marqua une pause et releva la tête.

— De quoi veux-tu qu'on cause ? demanda-t-elle. De Kevin ?

Ilonka sentit sa gorge se serrer.

— Pourquoi on devrait parler de Kevin ?

Anya sourit, une sombre grimace sur son visage malingre. C'était une jolie fille : cheveux blonds, yeux bleus, des traits délicats, mais elle était trop maigre. En fait, à l'exception de leur chevelure – quand elle en avait encore, Ilonka avait les cheveux noirs – les deux jeunes filles se ressemblaient beaucoup. Cependant, leurs yeux bleus brillaient de lueurs contraires. Ou alors, ceux d'Anya ne brillaient pas du tout. Elle affichait une froideur qui allait au-delà des traits ravagés de son visage. On pouvait lire sa souffrance dans ses lèvres pincées et dans les petites rides au coin de ses yeux, mais on devinait aussi quelque chose de plus profond, un sentiment presque enfoui qui brûlait d'une flamme sans chaleur. Pourtant, Ilonka aimait bien Anya, elle s'inquiétait pour elle. Mais elle ne lui faisait pas confiance.

— Tu es amoureuse de lui, déclara Anya.

— Qu'est-ce qui te fait croire un truc aussi stupide ?

— La manière dont tu le regardes. Comme si tu étais prête à baisser son froc et à l'emmener au septième ciel, à condition que cela ne vous soit pas fatal à tous les deux.

Ilonka haussa les épaules.

— Y a pire comme façon de mourir.

Ce n'était pas la meilleure façon de répondre à Anya, qui replongea le nez dans sa Bible.

— Tu m'étonnes.

Ilonka se rapprocha du lit et se pencha vers elle :

— Je ne suis pas amoureuse de lui. Je ne suis pas en état d'être amoureuse de qui que ce soit.

Anya acquiesça et émit un grognement. Ilonka poursuivit :

— Je ne veux pas que tu dises des trucs pareils. Surtout pas devant lui.

Sa voisine de chambre tourna la page :

— Et que veux-tu que je lui dise ?

— Rien.

— Et toi, tu lui dirais quoi ?

— Rien.

Anya referma subitement son livre sacré. Elle lança un regard froid à Ilonka. Ou était-ce un regard moins froid que d'habitude ?

— Tu voulais qu'on cause, Ilonka. J'ai supposé que tu voudrais parler de trucs plus importants que de médicaments et de piqûres. Tu vis dans le *déni*, et ça craint, mais ce sera encore pire de mourir sans rien y changer. Tu es amoureuse de Kevin, n'importe quel imbécile le verrait. Tout le groupe le sait. Pourquoi tu ne lui dis pas ?

Ilonka était complètement abasourdie, mais elle essaya de conserver son sang-froid.

— Il fait partie du groupe, souligna-t-elle. Il est sûrement déjà au courant.

— Il est aussi débile que toi. Il sait que dalle. Dis-lui.

— Lui dire quoi ? Il a une copine.

— Sa copine est une crétine.

— Tu dis ça de beaucoup de monde, Anya.

— C'est que ça se vérifie avec beaucoup de monde.

Anya haussa les épaules et détourna le regard avant de reprendre :

— Fais comme tu veux, je m'en fous. Dans cent ans, ça n'aura plus la moindre importance. Ou dans cent jours.

Ilonka s'exprima d'une voix blessée – car elle l'était :

— Mes sentiments pour lui sont si évidents que ça ?

Anya regarda fixement par la fenêtre.

— Non, je retire ce que j'ai dit. Le groupe ne sait rien du tout. C'est tous des crétins. Je suis la seule au courant.

— Comment tu as deviné ?

Comme Anya ne répondait pas, Ilonka se rapprocha et s'assit sur son lit, tout près de sa jambe amputée. Le moignon était recouvert d'un épais bandage blanc. Anya ne laissait jamais personne voir l'état de sa jambe et Ilonka le comprenait très bien. Anya était la seule patiente de la clinique à savoir qu'elle portait une perruque. Du moins, Ilonka l'espérait.

— Je parle en dormant ? demanda-t-elle.

— Non, répondit Anya, les yeux toujours rivés sur la fenêtre.

— Tu es voyante, alors ?

— Non.

— Tu as déjà été amoureuse ?

Anya se mit à trembler, mais ça ne dura pas. Elle tourna son visage vers Ilonka. Son regard était à nouveau calme. À moins qu'il n'ait été de nouveau froid.

— Sincèrement, Ilonka, qui pourrait être amoureux de moi ? Mon corps est en morceaux.

Elle reprit sa Bible en main et balaya le sujet d'un geste.

— Tu ferais bien de te magner d'aller voir Kevin avant que Kathy ne rapplique. T'es au courant qu'elle vient le voir ? C'est le jour des visites.

Ilonka se leva, attristée malgré son envie d'être heureuse, et marmonna :

— Je sais quel jour on est.

Puis elle quitta la chambre.

De l'intérieur comme de l'extérieur, le centre de Rotterham n'avait rien d'un hôpital ou d'une maison de repos classique. Dix ans auparavant, ce manoir appartenait à un magnat du pétrole. Située dans l'État de Washington, à la frontière canadienne, la bâtisse surplombait une rugueuse étendue côtière dont les eaux dures et bleues étaient toujours aussi froides qu'en décembre et s'écrasaient en écume mousseuse sur des rochers déchiquetés qui attendaient, impassibles, l'occasion de punir d'aventureux nageurs. De la fenêtre de sa chambre, Ilonka pouvait entendre le rugissement du ressac qui lui provoquait souvent des rêves, tantôt agréables, tantôt perturbants. Parfois, les vagues la soulevaient pour l'emporter jusqu'à des îles de rêve où elle et Kevin marchaient côte à côte, dans un corps parfaitement sain. Ou alors l'écume froide s'emparait d'elle, l'empalait sur les rochers du littoral et les poissons venaient se repaître des restes de son corps fendu de part en part. Oui, elle rendait aussi Anya responsable de ces cauchemars-là.

Pourtant, en dépit de ses mauvais rêves, elle adorait vivre près de l'océan. Et elle préférait de loin être à Rotterham qu'à l'hôpital public où le docteur White l'avait trouvée en train de pourrir sur place. Le docteur White était le fondateur du centre. Il le lui avait présenté comme un endroit où les adolescents se préparaient au plus significatif changement de classe de toute leur vie.

Ilonka avait trouvé que c'était une jolie façon de présenter les choses. Avant de s'embarquer avec une trentaine de jeunes en phase terminale, elle lui avait fait promettre de lui acheter une perruque.

Mais Ilonka n'était pas en phase terminale, bien sûr. Depuis qu'elle prenait soin d'elle, il était bien moins probable qu'elle meure.

Sa chambre était au deuxième étage – il y en avait trois. Dans le long couloir dans lequel elle déambulait après avoir quitté Anya, on trouvait des vestiges prouvant que le centre de soins avait autrefois été une demeure privée. Les vieux tableaux sur les murs, l'épaisse moquette couleur lavande, et même les lustres en cristal – Ilonka aurait pu tout à fait se croire l'hôte de « Tex » Adams, l'homme qui avait cédé au docteur White sa demeure favorite. *Hôpital et hospitalité*, s'amusa Ilonka devant la quasi-gémellité de ces deux mots.

Pourtant, l'odeur de désinfectant qui agressa ses narines au moment où elle atteignait l'escalier, l'éclair blanc en contrebas marquant le début du quartier des infirmières et, plus encore, l'aura de maladie qui saturait l'air lui indiquaient, comme à tout le monde, qu'on n'était pas dans une joyeuse maisonnée pour bourgeois bien portants. Mais dans un lieu morne pour les jeunes pauvres. La plupart des patients du docteur White venaient d'un hôpital public.

Sauf Kevin – ses parents étaient riches.

Tandis qu'elle descendait les marches, Ilonka croisa Spencer Haywood, « Spence » pour les intimes. Un autre membre de leur groupe – le « Midnight Club », comme ils l'avaient nommé. Malgré son cancer du cerveau, il était le moins malade des patients du centre – après elle, bien sûr. La majeure partie des invités de Rotterham passaient leur temps au lit ou cloîtrés dans leur chambre, mais Spence était toujours là, à se balader partout. C'était un garçon plutôt mince – en fait, *tout le monde* était plutôt mince au centre, voire carrément maigre – avec des cheveux châtains bouclés et avec figé sur le visage un de ses éternels demi-sourires qui lui donnaient l'air étrangement narquois. C'était le petit marrant de la bande – tous les groupes avaient le leur – et son énergie était contagieuse, même pour des ados dont le flux sanguin était saturé d'antidouleurs. Son visage était aussi fou que ses histoires. Rares étaient les nuits où les contes de Spencer Haywood ne se terminaient pas par une explosion de joie emportant des dizaines de personnes. Pour Ilonka, c'était un plaisir de traîner avec lui, car il ne parlait jamais comme un mort en devenir.

Ils se croisèrent juste au-dessus du quartier des infirmières. Spence tenait dans sa main droite une enveloppe ouverte et dans l'autre une feuille de papier couverte d'une écriture manuscrite. Il s'exclama :

— Ma petite Polak préférée ! Justement, je te cherchais.

— Je sais, un de tes potes veut me vendre une assurance-vie.

Spence rigola :

— La vie et les soins médicaux. C'est qu'un con, de toute manière. Au fait, tu fais quoi de beau aujourd'hui ? Ça te dirait d'aller à Hawaï ?

— Mes bagages sont prêts. Allons-y ! Comment tu te sens, sinon ?

— Schratter m'a filé un ou deux grammes il y a vingt minutes, alors j'ai l'impression de ne plus trop avoir la tête sur les épaules. Mais c'est plutôt cool comme sensation.

Par « un ou deux grammes », Spencer voulait dire un ou deux grammes de morphine – une forte dose. Il était peut-être capable de se promener, mais sans ses médicaments il souffrait d'épouvantables migraines. Schratter était l'infirmière en chef du service de jour. Quand elle faisait une piqûre, on finissait avec des points de suture. Avec un coup de menton en direction de son enveloppe, Ilonka demanda :

— C'est de la part de Caroline ?

Caroline était la copine de Spence, une fille très dévouée – elle lui écrivait presque tous les jours. Spence lisait souvent ses missives au groupe, qui en était arrivé à la conclusion que Caroline était la plus grosse chaudasse du monde.

Il acquiesça vivement :

— Avec un peu de bol, elle va venir me rendre visite ce week-end. Elle vit en Californie, tu vois. Elle n'a pas les moyens de se payer un billet d'avion, mais elle peut prendre le train.

Un mois au centre de Rotterham, c'était un long séjour. La plupart des patients mouraient avant d'arriver jusque-là. Mais Ilonka se dit qu'il serait mal avisé de suggérer que Caroline vienne voir Spence au plus vite.

— Si j'en crois ce que tu nous as dit sur elle, tu vas avoir besoin de plusieurs transfusions après sa visite.

Cette perspective arracha un grand sourire à Spence :

— C'est un plaisir de reconstituer certains fluides corporels. Oh, faut que je te dise pourquoi je te cherchais. Kevin veut te voir.

Le cœur d'Ilonka fit un bond dans sa poitrine – si haut qu'il faillit atterrir en catastrophe.

Elle prit un air détaché :

— Ah oui ? À quel sujet ?

— J'en sais rien. Il m'a juste dit de te passer le message si je te croisais.

— Il sait où est ma chambre. Il aurait pu venir me voir.

— Je crois qu'il n'est pas au top, aujourd'hui.

— Oh.

La veille, Kevin n'avait déjà pas l'air en grande forme. Il avait une leucémie et il en était à sa troisième récidive, la limite selon les médecins. Si on est frappé trois fois, on quitte la partie. Pourtant, pas plus qu'elle-même, Ilonka ne pouvait s'imaginer que Kevin meure. Pas son Kevin.

— Je passerai dans votre chambre pour lui demander ce qu'il me veut, déclara-t-elle.

— Il vaut peut-être mieux que tu remettes ta visite à plus tard. Je crois que Kathy est avec lui en ce moment. Tu la connais ? C'est sa nana.

Cette fois, le cœur d'Ilonka défaillit.

Elle marmonna :

— Oui, je connais Kathy.

Le changement de ton dans sa voix n'échappa pas à Spence. Anya avait tort : les membres du Midnight Club n'étaient pas des idiots, Spence encore moins. Il demanda :

— Elle est un peu conne, tu trouves pas ? C'est une pom-pom girl.

— Je ne crois pas que l'un implique forcément l'autre, souligna Ilonka en haussant les épaules. Elle est jolie.

— Pas autant que toi.

— Cela va sans dire.

Elle marqua une pause et reprit :

— Tu viens ce soir ?

— C'est pas comme si j'avais un agenda surchargé. Ouais, j'ai une histoire du tonnerre à vous raconter. Elle est immonde. Tu vas adorer. Tu seras là, hein ?

Ilonka songeait encore à Kevin, à Kathy et à elle-même. Puis elle répondit calmement :

— J'ai aussi une histoire à raconter.

Ils se saluèrent et Ilonka poursuivit son chemin. Mais, en arrivant au bas des escaliers, elle se détourna du quartier des infirmières car elle savait que Schratter lui tomberait sur le râble pour lui faire prendre un médicament plus puissant. Le seul traitement qu'elle prenait contre la douleur, c'était du Tylenol 3 – un analgésique à la codéine, un traitement hyper léger comparé à ce qu'avalaient les autres. Ilonka souffrait presque continuellement d'une vive douleur dans le bas-ventre. Elle ressentit cette douleur tandis qu'elle marchait à grands pas en direction de la chambre de Kevin, songeant à l'effet que cela lui ferait de le voir avec *elle*.

Mais Kevin ne se trouvait pas dans la chambre qu'il partageait avec Spence. Il n'y avait aucune trace de lui en dehors de six de ses tableaux, des paysages de science-fiction où des systèmes solaires s'effondraient et où des planètes entourées d'anneaux tournaient sur elles-mêmes à travers une nébuleuse scintillante. Son travail était assez bon pour orner les couvertures des meilleurs romans de science-fiction – et de loin. Ilonka ignorait s'il avait peint de nouvelles choses depuis son arrivée à Rotterham. Elle ne savait pas s'il avait apporté sa boîte de peinture, ou même un carnet de croquis. Kevin ne parlait pas beaucoup de ses œuvres, mais les autres étaient unanimes : c'était un génie.

Une de ses peintures en particulier attira son attention – une étoile bleue au cœur d'un champ stellaire brumeux. Au cours de ses rares visites, le tableau lui avait fait le même effet, ce qui était étrange car il s'agissait de la plus simple de toutes ses toiles, et pourtant elle l'emplissait d'un sentiment de… quoi donc ? Elle n'était même pas certaine de savoir comment définir cette émotion – peut-être était-ce de l'espoir. La lueur bleue de l'étoile était enchanteresse à souhait, comme s'il l'avait peinte non à l'huile, mais avec de la lumière pure.

Ilonka quitta la chambre de Kevin et se rendit dans la salle d'attente située près de l'entrée principale du centre. Elle faisait une erreur, elle le savait mais elle était incapable de s'en empêcher. Elle n'avait pas envie de voir Kathy – la simple idée de la croiser la rendait malade – et pourtant un face-à-face lui paraissait inévitable. Comme s'il fallait qu'elle comprenne la raison pour laquelle Kevin préférait sortir avec une pom-pom girl plutôt qu'avec elle. Bien sûr, il serait ridicule de les comparer. Les deux jeunes femmes étaient aussi similaires qu'une pomme et une orange. Kathy était en bonne santé et très belle ; tandis qu'Ilonka était malade… et tout aussi belle, en fait. Non, vraiment, songea-t-elle, Kevin était un crétin. Elle ne savait même pas pourquoi elle était à ce point amoureuse de lui.

En fait, elle le savait pertinemment.

En tout cas, elle croyait le savoir.

Il y avait un rapport avec le passé. Un passé très lointain.

Ilonka découvrit Kathy assise dans la salle d'attente, toute seule. Cette fille semblait tout droit sortie de la rubrique mode d'un magazine, même dans ses vêtements chauds. Ses cheveux étaient si blonds que ses ancêtres devaient avoir migré depuis les plages de Californie. Elle s'enduisait sûrement de lotion solaire avant de se mettre au lit. Ouais, cette fille pétait la forme, aussi fraîche que si on l'avait cueillie sur un arbre du comté d'Orange. Pire que tout, elle était en train de lire un numéro du magazine *People,* pour Ilonka un hebdomadaire au propos à peu près aussi profond que celui de la Bible satanique. Kathy leva les yeux et lui adressa un sourire si éclatant que ses dents ne devaient jamais avoir mordu dans autre chose que du pur bio.

— Salut, je m'appelle Kathy Anderson ! On ne s'est pas déjà croisées, la dernière fois ?

— Si. Moi, c'est Ilonka Pawluk.

Kathy mit son magazine de côté et croisa les jambes. Elle portait un pantalon en tissu gris qui n'avait jamais été vendu dans le commerce, sûrement griffé pour elle par un styliste de renom. Ses parents à elle aussi étaient riches, Ilonka le savait. L'épaisseur de son pull vert dissimulait son opulente poitrine.

— C'est un nom intéressant, dit Kathy. C'est de quelle origine ?

— Ilonka est un prénom hongrois, mais mes parents étaient polonais.

— Tu es née en Pologne ?

— Oui.

Kathy acquiesça.

— C'est vrai que tu as un petit accent, souligna-t-elle.

— J'ai quitté la Pologne quand j'avais huit mois.

Sa remarque avait pour but de mettre Kathy mal à l'aise, mais cette fille était si peu subtile qu'elle ne fit même pas attention. En plus, les autres lui avaient déjà fait remarquer qu'elle avait bien un *petit accent*. Normal, de son vivant, sa mère parlait essentiellement polonais à la maison. Ilonka n'avait jamais connu son père. Il s'était volatilisé avant qu'elle et sa mère ne quittent la Pologne.

Kathy demanda :

— Tu as grandi où ?

— Seattle. Tu viens de Portland, c'est ça ?

— Oui. Je suis dans le même lycée que Kevin.

Elle porta le regard tout autour d'elle et demanda :

— Est-ce qu'il sait que je suis arrivée ?

— Je crois que oui. Je peux aller vérifier, si tu veux.

— Ça ne t'embête pas ?

Kathy frissonna et sa mine réjouie s'évanouit.

— Je t'avoue que je ne suis pas folle de cet endroit, précisa-t-elle. J'ai hâte que Kevin aille mieux et puisse rentrer à la maison.

Ilonka faillit éclater de rire, et elle l'aurait fait si elle n'avait pas été à deux doigts de pleurer. Elle voulait hurler sur cette nana : *Il ne rentrera pas. C'est pas ton mec. Il est des nôtres, maintenant. On est ses seuls amis, les seuls à comprendre ce qu'il traverse.*

Il est à moi.

Mais elle s'abstint de le faire. Cela aurait énervé Kevin.

— J'espère que ce sera bientôt le cas, dit-elle en se tournant pour partir.

Moment précis où Kevin apparut dans l'encadrement de la porte.

Même si elle le voyait tous les jours, la première chose qui l'attirait chez Kevin, c'était son regard. Il avait des yeux marron, grands et vifs, puissants sans être intimidants. Ils étincelaient d'humour et d'intelligence. Le reste de sa personne était aussi plaisant, même si on voyait qu'il était gravement malade. Ses cheveux étaient bruns et bouclés, aussi doux que ceux d'un enfant malgré la légère teinte poivre et sel qui s'étendait depuis deux semaines. Ilonka savait qu'il avait subi une lourde chimio et elle ignorait complètement comment ses cheveux y avaient survécu, mais peut-être étaient-ils tombés avant de repousser. Elle n'avait jamais osé lui poser la question, craignant que cela n'attire son attention sur sa perruque.

Six mois plus tôt, au printemps dernier, Kevin était encore un véritable athlète à la course et, avec ses larges épaules et ses longues jambes fermes, il en avait la carrure. Ilonka avait entendu dire qu'il était arrivé troisième aux championnats d'État, et il lui arrivait de parler des jeux Olympiques et des coureurs qu'il admirait. Tout comme il évoquait les peintres dont il était fan – Léonard de Vinci, Raphaël et Van Gogh. Qu'il soit à la fois un athlète et un artiste intriguait Ilonka.

Cependant, ce n'était pas pour cela qu'elle était amoureuse de lui. La vraie raison devait être invisible, voire impossible à formuler. En revanche, il était probable qu'on puisse s'en souvenir. À ce propos, elle aurait une histoire intéressante à raconter lors de la réunion du Midnight Club à la nuit tombée.

Ilonka se remémora sa première rencontre avec Kevin. Le jour de son arrivée, elle était au centre depuis deux jours déjà. Elle était tombée sur lui dans la salle d'étude, recroquevillé sur une chaise devant un feu de cheminée, enveloppé dans une robe de chambre en flanelle rouge, un livre posé sur les genoux. Son état de santé le rendait sensible au froid, mais elle l'ignorait encore à l'époque. Spence, avec qui il partageait sa chambre, plaisantait souvent à ce sujet en disant qu'avec la chaleur qui régnait chez eux Kevin devait probablement les préparer tous les deux à affronter les flammes de l'enfer.

Quoi qu'il en soit, quand elle était entrée dans la pièce, Kevin avait levé les yeux sur elle, et Ilonka n'avait jamais oublié la manière dont il l'avait dévisagée ni comment elle lui avait rendu son regard. Ils s'étaient probablement fixés pendant une bonne minute avant que l'un d'entre eux daigne prendre la parole. Durant cette minute, Ilonka s'était fait un nouvel ami, plus cher à ses yeux que toutes les pierres précieuses du monde, mais elle avait aussi trouvé et perdu quelque chose de très précieux. « Trouvé » car elle était tombée amoureuse de lui au premier regard. « Perdu » car elle avait deviné qu'il s'agissait d'un patient, et qu'il était donc sans doute condamné. C'était lui qui avait parlé le premier :

— On se connaît ?

— Oui, avait-elle répondu en souriant.

Elle afficha le même sourire quand il s'avança dans la salle d'attente. Sous sa doudoune bleu foncé, Kevin portait la même robe de chambre rouge – sa préférée. Il avait également des rangers noires aux pieds, et Ilonka s'inquiéta qu'il ait prévu de sortir se promener. Son visage était émacié et il avait mauvaise mine. Il semblait encore plus malade que la veille, quand elle lui avait souhaité bonne nuit et avait craint de ne plus jamais le revoir. Au lieu de sourire à Ilonka, comme il le faisait toujours lorsqu'ils se voyaient, Kevin toussa. Dans son dos, elle entendit Kathy qui se levait.

— Ilonka ? dit-il. Qu'est-ce que tu fais là ? Salut, Kathy.

— Kevin, fit Kathy.

Sa voix était tendue. De toute évidence, le voir dans cet état la bouleversait.

Ilonka répondit :

— Il paraît que tu voulais me voir. Je suis partie à ta recherche.

Il s'avança dans la pièce d'une démarche vacillante. Ilonka voulut lui prêter main-forte, mais elle savait par avance comment il réagirait, surtout en présence de Kathy. La plupart du temps, Kevin était un gars avenant, mais elle avait remarqué en plusieurs occasions qu'il était aussi facilement gêné.

— Je voulais te parler de plusieurs trucs, commença-t-il. Mais ça peut attendre.

Il passa devant elle et focalisa son attention sur Kathy. Ce seul acte lui fit l'effet d'une épée lui transperçant le flanc.

— La route, ça a été ? demanda-t-il à sa chérie.

Kathy eut un sourire forcé, qui ne dissimulait en rien la peur dans son regard. Cette fille n'était pas complètement idiote. Elle voyait bien à quel point Kevin était malade. Ilonka resta plantée là un moment, avec la sensation d'être la cinquième roue du carrosse. Elle les regarda tandis qu'ils se prenaient dans les bras et s'embrassaient. Kathy prit Kevin par la main et le guida vers la porte d'entrée principale. À ce moment-là, Ilonka eut envie de courir après lui, de remonter la fermeture de sa doudoune, d'arranger son écharpe, puis de lui avouer combien elle l'aimait, de lui demander pourquoi il ne l'aimait pas en retour et pourquoi il restait avec une fille qui n'était même pas amoureuse de lui. Mais, au lieu de cela, elle s'enfuit de la salle d'attente.

Quelques minutes plus tard, elle se trouvait de l'autre côté du centre, dans une petite chambre vide qui aurait pu être une nursery du temps où l'endroit était encore un manoir. Les fenêtres donnaient directement sur la vaste étendue herbeuse qui menait à la falaise au bord de l'océan. Aujourd'hui, les vagues étaient déchaînées, leur écume projetée à presque quinze mètres de haut chaque fois que la houle pilonnait les rochers. Main dans la main, Kevin et Kathy se rendirent à la falaise, leurs cheveux battus par des bourrasques de vent glacé. Kevin paraissait si maigre qu'Ilonka crut qu'il allait s'envoler.

Elle marmonna pour elle-même :

— Si tu le laisses se mouiller, il attrapera une pneumonie. Puis il mourra et ce sera ta faute.

Puis elle ajouta :

— Espèce de garce.

Une voix s'éleva dans son dos :

— Bonjour, Ilonka.

Elle fit volte-face. C'était le docteur White, son bienfaiteur et le chef du centre. Il portait merveilleusement bien son nom. Sa moustache et sa barbe bien entretenues étaient aussi blanches que les premières neiges d'hiver et, avec son visage rose et rond, il avait tout du bon vieux médecin de campagne, voire du Père Noël en personne. Contrairement à la plupart des médecins, il ne portait jamais de vêtements blancs mais des costumes en lainage sombre, bleu et gris, et, quand il sortait, il se coiffait de chapeaux en tweed qui complétaient à merveille la robuste canne de bois dont il ne se séparait jamais. Tête nue et canne à la main, il entra dans la pièce en boitant et, avec un soupir d'aise, il prit place dans un fauteuil installé au pied d'un grand lit qui occupait la majeure partie de l'espace. Il souffrait d'une méchante arthrite à la jambe droite. Il lui avait confié se l'être cassée quand il était jeune, à Pampelune, pendant un lâcher de taureaux. Il ôta ses lunettes à monture dorée et l'invita d'un geste à s'asseoir au bord du lit. Elle avait été surprise par son arrivée. L'avait-il entendue insulter Kathy ? Elle s'assit et il demanda :

— Comment vas-tu, Ilonka ?

Le docteur White se montrait toujours gentil avec elle, contournant parfois le protocole pour lui fournir tout ce dont elle avait besoin. Il était pourtant en charge de nombreux patients et elle ignorait pourquoi elle avait droit à ce traitement de faveur, mais elle lui en était reconnaissante. La veille encore, il lui avait apporté un sac entier de livres en provenance d'un bouquiniste de Seattle. Il savait combien elle aimait lire.

— Je vais bien, répondit-elle d'une voix qu'elle peinait à garder assurée.

Voir Kevin et Kathy ensemble continuait de la consumer de l'intérieur, comme un deuxième cancer.

— Et vous, docteur White, comment vous portez-vous ?

Il mit sa canne de côté et répondit :

— Comme toujours : heureux de pouvoir aider les jeunes comme toi, mais frustré de ne pouvoir en faire davantage.

Il soupira à nouveau et poursuivit :

— Je reviens de l'hôpital public de Seattle, où j'ai rencontré une jeune fille d'environ ton âge qui aurait pu bénéficier de nos soins. Mais nous n'avons plus aucune chambre de libre, alors j'ai été contraint de refuser son admission.

— Et cette chambre-là ?

— On y mettra deux lits supplémentaires demain matin, et j'ai déjà promis une place à trois nouveaux patients. Mais c'est un défi au quotidien, dit-il en haussant les épaules. Je ne veux pas t'embêter avec ces histoires.

Il marqua une pause et s'éclaircit la voix avant de reprendre :

— Je suis venu te parler des examens que tu m'as demandé de te faire passer demain.

— Est-ce qu'ils sont programmés ?

— Oui, je l'ai fait, mais tu es certaine de vouloir t'infliger ça ? Les IRM prennent un temps fou et tu devras rester claquemurée un moment à l'étroit dans une boîte.

Ilonka sentit une boule se former dans sa gorge, s'ajoutant au trou qu'elle avait dans le cœur. La journée s'annonçait mal. Elle demanda :

— Vous voulez dire que cet examen pourrait être une perte de temps, c'est ça ? Je me sens vraiment mieux, vous savez. Je crois que les tumeurs se réduisent de jour en jour. J'ai pris toutes les plantes que je vous ai demandé de m'apporter : chaparral, clou de girofle, extrait de pau d'arco... J'ai lu tout ce qu'il y a à savoir dessus. Elles sont efficaces dans de nombreux cas, dont mon type de cancer.

Le docteur White hésita à prendre la parole, mais il ne la quitta pas des yeux. Il avait l'habitude de traiter des cas graves et il abordait le sujet sans jamais sourciller. En demandant d'autres examens, Ilonka allait complètement à l'encontre du protocole le plus fondamental en vigueur dans un centre de soins palliatifs. Ce n'était pas un hôpital où l'on avait des chances de se remettre. On venait là pour y mourir confortablement et le plus dignement possible. Le docteur White le lui avait bien dit en l'acceptant à Rotterham.

Il s'adressa à elle d'une voix polie :

— Ilonka, avant que tu ne commences à prendre ces gélules, ton cancer s'était déjà propagé dans une grande partie de ton abdomen. Bien sûr, je ne dénigre en aucun cas la phytothérapie. Elle apporte d'excellents résultats dans de nombreux cas. Mais on parle de cas où la maladie est presque toujours repérée à un stade précoce.

— *Presque* toujours, rétorqua-t-elle. Pas systématiquement.

— Tu sais, le corps humain est l'organisme le plus complexe de toute la création. Il ne réagit pas toujours comme on l'attend. Néanmoins, je pense que les examens de demain seront pour toi une épreuve inutile.

— Ces examens sont chers ? Vous allez tout payer vous-même ?

Le docteur White balaya cette remarque de la main.

— Si c'est pour que tu te sentes mieux, je suis heureux de mettre la main à la poche. Ici, l'argent n'est pas un problème. Ton bien-être est la seule chose qui compte.

— Mais comment pouvez-vous être sûr que mon état ne s'est pas amélioré ? Je suis tout de même la mieux placée pour savoir comment je me sens. Et je vous dis que les tumeurs ont diminué.

Le docteur White acquiesça :

— Fort bien, laisse-moi t'examiner.

— Maintenant ? Ici ?

— La porte est fermée et nous sommes seuls. Je vais juste palper la zone abdominale. Avant ton arrivée ici, je pouvais sentir les tumeurs sous mes doigts. Je veux simplement voir si on les sent encore.

Le docteur White se mit debout et reprit :

— Défais le haut de ton pantalon et relève ta chemise. Tu peux t'allonger sur le lit pour que je t'examine.

À contrecœur, Ilonka posa les mains sur les boutons de son pantalon.

— Mais ce n'est qu'un examen de surface, souligna-t-elle. Il faudra aller voir à l'intérieur pour savoir ce qu'il en est vraiment.

— Tout à fait. Mais cela nous donnera au moins une indication. Allons, Ilonka, je ne vais pas te faire de mal. Allonge-toi et voyons ce qu'il en est.

Ilonka déboutonna son pantalon, releva sa chemise et s'étendit prudemment sur le lit. Toute force avait quitté ses abdominaux ; s'allonger lui faisait mal. Le docteur White prit place à côté d'elle sur le lit et la palpa près du nombril, déployant ses doigts, explorant son ventre. Ses mains étaient chaudes – comme d'habitude, elles avaient le pouvoir de guérison – et pourtant Ilonka se raidit à leur contact.

Elle murmura :

— Pas si fort.

— Je t'ai à peine touchée.

Elle aspira vivement entre ses dents.

— Vous avez raison, ce n'est rien. Ça ne fait pas si mal. Pas du tout, même.

— La zone est quand même très sensible.

Ses mains descendirent plus bas, la palpant au niveau de ses cicatrices. On l'avait opérée à trois reprises et la dernière incision n'avait pas encore complètement cicatrisé. C'était comme si le docteur lui avait gratté un nerf à vif.

— Je crois que je me suis froissé un muscle à cet endroit l'autre jour, avança Ilonka.

— Je vais juste appuyer très légèrement.

Ses mains étaient à mi-chemin entre son nombril et son intimité, juste sous sa dernière cicatrice.

Ilonka transpirait.

— C'est obligé ? demanda-t-elle.

— Respire lentement et à fond.

— Aouch !

— Pardon. Je t'ai fait mal ?

— Non, ça va. Ça donne quoi ?

— C'est très bosselé. Et très tendu.

Elle partit d'un rire forcé tandis qu'une goutte de sueur lui coulait dans l'œil.

— Vous le seriez aussi si on vous avait ouvert et rapiécé le bide aussi souvent qu'à moi.

Le docteur White se releva.

— Tu peux reboutonner ton pantalon.

Il lui tourna le dos et se dirigea vers son fauteuil. Mais il ne s'y rassit pas. Il ramassa sa canne et s'appuya dessus en attendant qu'elle ait fini de se rhabiller. Enfin il répéta ses mots :

— La zone est très sensible.

— C'est normal. J'ai été opérée et recousue plusieurs fois. Pouvez-vous vraiment faire la différence entre la bosse d'un muscle et une tumeur ?

— Oui, Ilonka. Et les tumeurs sont toujours là.

Voilà qui la ramenait d'un pas en arrière. De mille pas, en réalité.

Elle hocha faiblement la tête.

— Je sais, dit-elle. Je n'ai pas dit qu'elles étaient parties. Juste qu'elles sont plus petites, et je suis certaine qu'une IRM le révélera.

— Si tu penses sincèrement avoir besoin de cet examen, je t'emmène à l'hôpital dès demain.

Ilonka soutint son regard.

— Vous pensez que c'est une perte de temps ?

— Je pense que tu t'imposes une épreuve inutile.

Elle regarda fixement par la fenêtre et déclara :

— Je veux faire cette IRM.

Le docteur White ne répondit pas immédiatement. Il jeta lui aussi un œil par la fenêtre, en direction du chemin que Kevin et Kathy avaient emprunté. Les deux tourtereaux n'étaient nulle part en vue et Ilonka en était soulagée. Puis elle se tourna vers le docteur White. Le regard du médecin semblait perdu dans le lointain. Il demanda :

— T'ai-je déjà dit que tu me rappelais ma fille ?

— Non, j'ignorais que vous aviez une fille. Comment s'appelle-t-elle ?

— Jessica. Jessie.

Il tapota son pied du bout de sa canne, comme pour se forcer à garder les pieds sur terre. Puis il ajouta :

— Je viendrai te prendre demain à dix heures. On pourrait passer au MacDo après.

Ilonka évitait la malbouffe, mais elle préférait éviter de le lui dire.

— Merci, ce serait génial.

Le docteur se retourna :

— Au revoir, Ilonka.

— Prenez soin de vous, docteur White.

Dès qu'il fut parti, Ilonka se tourna à nouveau vers la fenêtre à la recherche de Kathy et Kevin. Aucune trace d'eux nulle part. On aurait pu croire qu'ils s'étaient aventurés trop près du bord de la falaise et qu'ils étaient tombés à l'eau avant d'être emportés au large par les flots. Mais elle ne s'inquiétait pas outre mesure. Kathy était jeune, belle et riche. Elle avait bien des raisons de vivre et ne prendrait donc pas de risques inconsidérés.

Ilonka regagna sa chambre. En chemin, elle fit un arrêt au quartier des infirmières et demanda du Tylenol 3 à Schratter. Elle avait mal au ventre, là où le docteur White l'avait touchée. En fait, elle avait mal partout, y compris à l'âme. Schratter lui donna une demi-douzaine de cachets et lui demanda si elle voulait quelque chose de plus fort. Mais Ilonka fit non de la tête. Elle n'était pas comme les autres – elle n'avait pas besoin de médicaments puissants. Et pourtant, une fois étendue sur son lit, près d'une Anya somnolente, elle fourra les six comprimés dans sa bouche et les avala à l'aide d'une longue gorgée d'eau. D'habitude, elle n'en prenait que deux à la fois. Le médicament mettait entre vingt et trente minutes à faire effet. Elle se rallongea et ferma les yeux. Il était seize heures. Ilonka allait dormir quelques heures, puis elle se réveillerait fraîche et dispose pour une nouvelle session du Midnight Club. C'était l'unique perspective qui lui restait.

Avant de sombrer, elle pria pour que le Maître lui rende visite.

Il vint à elle, tardivement, et il lui conta bien des choses.

Sauf que ce n'était qu'un rêve. Probablement.

CHAPITRE
2

CE NE FUT PAS ANYA ZIMMERMAN qui tira Ilonka Pawluk du sommeil, mais Sandra Cross. D'abord, son réveil fut déroutant. La chambre était plongée dans l'obscurité et elle n'arrivait pas à discerner l'identité de la personne qui était en train de la secouer, ni même s'il s'agissait d'un être humain. En fait, elle n'avait pas l'impression d'avoir tout à fait réintégré son corps. Elle était encore sur les bords du Nil, marchant auprès du grand sage à l'ombre des pyramides – sous un soleil de plusieurs milliers d'années plus jeune que celui qu'elle connaissait. Par réflexe, elle chassa d'une tape la main qui lui tenait le bras. C'est à ce moment-là qu'elle entendit la voix de Sandra.

— Tu frappais aussi ta mère quand elle venait te réveiller le matin pour aller à l'école ? demanda-t-elle, sa silhouette indéfinissable assise en retrait sur le lit.

Sandra ne semblait pas fâchée. Elle ne se fâchait jamais.

— Ma mère n'avait pas besoin de me réveiller, répliqua Ilonka, prise de tachycardie. J'étais toujours debout la première. Quelle heure est-il ?

— Bientôt minuit. L'heure du show !

— Non, sérieux ? Bon Dieu, comment j'ai pu dormir si longtemps ?

Puis elle se rappela la poignée de pilules qu'elle avait avalée. Elle se redressa et repoussa les couvertures sur le côté :

— Où est Anya ? Pourquoi elle ne m'a pas réveillée ?

— Elle nous a dit que tu dormais tellement profondément qu'elle n'a pas osé te sortir du lit. Mais, selon Kevin, tu serais furieuse de manquer la séance.

La sollicitude de Kevin fit sourire Ilonka. Mais ce fut un sourire éphémère. Ilonka tendit la main vers la table de nuit et alluma la lampe de chevet. Pendant un instant, elle fut éblouie par la lueur éclatante. Puis elle s'assit au bord du lit et fit face à Sandra Cross.

À Rotterham, il était courant qu'on définisse les patients par leur maladie. Du moins, la plupart des gens le faisait, y compris Ilonka, bien qu'elle ait essayé de s'en empêcher. Sandra souffrait d'un lymphome de Hodgkin – en phase terminale évidemment, même si elle semblait plutôt en bonne santé. En effet, Sandra était la patiente la plus rondouillarde de tout le manoir, ce qui ne signifiait pas qu'elle était en surpoids, simplement qu'elle n'avait pas la peau sur les os. Ses cheveux auburn et ondulés passaient au rouge sous une lumière avantageuse, ses yeux noisette ne viraient jamais au vert, ses taches de rousseur ne devaient rien au soleil et ses lèvres étaient toujours mises en valeur avec du maquillage. C'était une fille à la fois charmante et simple, membre du Midnight Club non pour ses qualités de conteuse mais parce qu'elle avait envie d'en faire partie. En vérité, Sandra n'avait encore raconté aucune histoire, mais elle avait assuré aux autres qu'elle leur préparait un chef-d'œuvre. Si Ilonka avait des doutes à ce sujet, la présence de Sandra au sein du groupe ne l'incommodait pas. Il fallait au moins être cinq pour avoir l'impression d'être face à un auditoire.

— Comment tu te sens ? demanda Sandra.

— Pourquoi est-ce qu'on se pose tous sans arrêt la même question ici ?

Sandra ricana :

— Parce qu'on a tous l'air de gens à qui il faut la poser.

— Pas toi, répliqua Ilonka en plissant les yeux. Comment ça se fait ?

— Tu me demandes ça comme si j'avais découvert une mystérieuse échappatoire.

Ilonka sourit d'un air rêveur.

— Est-ce que ça ne serait pas une histoire incroyable ? Imagine. Il y aurait une porte secrète dans cet endroit et, si tu la trouves, elle te permet de sortir d'ici et de rejoindre l'extérieur complètement guérie. Tiens, pourquoi tu ne raconterais pas ça, ce soir ?

Sandra parut vaguement contrariée, ce qui était probablement le cas.

— Je n'ai pas autant d'imagination que toi, Ilonka. C'est toi qui devrais la raconter.

— Non, je pense que cette histoire te revient.

À ce moment-là, un frisson soudain parcourut Ilonka et elle tendit la main vers sa robe de chambre. C'était sûrement à cause de la fenêtre entrouverte – l'air nocturne s'engouffrait à l'intérieur tel un souffle en provenance d'un autre monde. Il faudrait qu'elle prenne garde à ne pas attraper froid. Elle bascula les jambes hors du lit, posa les pieds par terre et déclara :

— Allons-y. Je n'ai pas envie qu'ils commencent sans nous.

La clinique de Rotterham proposait régulièrement des sessions de psychothérapie aux résidents qui avaient du mal à accepter la maladie. D'ordinaire animées par le docteur White, ces séances n'offraient rien de plus qu'une occasion de s'épancher, même si certaines paroles du médecin s'avéraient parfois utiles. Avant la formation du Midnight Club, Ilonka avait assisté à plusieurs de ces séances et les avait jugées bénéfiques pour celles et ceux qui pouvaient trouver du réconfort en partageant leur tristesse. En revanche, elle estimait ne pas faire partie de cette catégorie de gens, car elle ne souhaitait pas imposer son mal-être aux autres. Elle aurait voulu qu'ils puissent se lever, sortir de là et aller jouer au base-ball, même si c'était pour rester sur le banc de touche. En tout cas, c'était ce qu'elle avait dit au docteur White et il ne l'avait pas contredite.

Mais les choses étaient différentes au sein du Midnight Club. On n'y parlait pas de la mort, mais de la vie – de façon parfois extrêmement violente, il est vrai. Comment cela avait-il commencé ? Personne parmi eux n'en était bien sûr. Spencer soutenait que c'était son idée, mais pour

Ilonka c'était Kevin qui en était l'instigateur. Peu importe, l'idée avait tout de suite fonctionné. Chaque soir, ils se retrouveraient dans la salle d'étude aux douze coups de minuit. Il y aurait une belle flambée dans la cheminée. Le flux de leurs histoires les transporterait ailleurs et leurs nuits seraient un peu moins sombres. Quatre d'entre eux étaient déjà amis : Spence, Kevin, Anya et Ilonka. Ils acceptèrent ensuite Sandra parmi eux. Puis ils tombèrent d'accord pour que personne d'autre ne rejoigne le club. Et, le plus drôle dans l'histoire, c'était que personne n'en avait fait la demande. Il était possible que cela soit dû à l'horaire tardif de leurs séances. On déconseillait aux patients en phase terminale de rester éveillés jusqu'à minuit.

Lorsque le docteur White entendit parler du club, il se montra enthousiaste, comme ils s'y étaient attendus. Ils ne lui proposèrent pas de se joindre au club, et le médecin fut surpris mais ne se vexa pas. Il savait que les meilleures thérapies étaient celles qu'ils se concoctaient eux-mêmes. Il leur suggéra d'utiliser la salle d'étude – la plus belle pièce du manoir –, leur octroya des bûches en abondance pour la cheminée et les encouragea à en profiter.

Sandra et Ilonka s'empressèrent de rejoindre la salle d'étude. Elles y pénétrèrent au moment où Spence balançait une nouvelle bûche dans une flambée déjà bien attisée. Les murs étaient lambrissés – du noyer – et toute la pièce embaumait le bois et les vieux livres. Rien d'étonnant au vu des nombreux rayonnages de la bibliothèque, recouverts de volumes anciens qui devaient remonter au temps des premiers colons. Un jour, Ilonka avait trouvé un ancien roman pornographique français, vieux de deux siècles. Du moins, c'était ce qu'avait prétendu Spence, qui passait justement par là et qui parlait et lisait couramment le français. Pour ce qu'elle en savait, ce bouquin aurait tout aussi bien pu être un simple manuel éducatif.

La salle d'étude était organisée autour de la cheminée, un antique foyer de brique dont ils avaient dit en plaisantant qu'il serait assez vaste pour qu'on les y incinère tous en même temps. Bien que la pièce soit équipée de chaises longues et même de deux petits divans, ils avaient choisi de se réunir autour de la grande table en acajou qui trônait en plein milieu. Chaque soir, ils disposaient des bougeoirs en argent trouvés dans l'armoire d'une pièce voisine et y plantaient de longues bougies blanches, tels des cierges qui se consumeraient dans une église médiévale. Ilonka prit place entre Spence et Kevin, face à Anya et Sandra. Comme d'habitude, Anya était dans son fauteuil roulant, un châle bleu drapé sur les épaules. Son visage crispé trahissait sa souffrance. Kevin était lui aussi enveloppé dans une couverture ; en dehors du fait qu'il s'était débarrassé de son manteau et de ses bottes, il était sensiblement le même que dans l'après-midi. Il était encore mortellement pâle, mais il aurait été inutile d'aller demander une transfusion au docteur White. Tout traitement était contraire au règlement. Seuls les antidouleurs étaient autorisés. Ilonka souffrait aussi, mais moins que dans l'après-midi. Le Tylenol devait encore faire effet, et elle n'était pas encore tout à fait réveillée.

— Désolée, dit-elle. Je suis à la bourre.

— Il paraît que tu avais un rencard, dit Spence.

Cette simple idée la fit sourire. Elle n'avait jamais eu le moindre rencard de toute sa vie. La maladie l'avait frappée à l'âge de quinze ans, six mois après le décès de sa mère, et depuis sa vie se résumait aux allers-retours à l'hôpital. Ilonka était la plus jeune du groupe. Elle aurait dix-huit ans dans quelques semaines, alors que les autres membres du club les avaient déjà. À dix-neuf ans, Spence était le plus âgé d'entre eux.

Ilonka répondit :

— Ouais, j'ai eu du mal à m'en débarrasser. Je ne sais pas s'il était attiré par mon physique ou par mes médocs.

— En parlant de ça, commença Anya, quelqu'un en aurait ? Je ne me sens pas au top.

— Demande à l'infirmière de nuit, suggéra Sandra.

— J'ai pas envie d'attendre. Spence ?

— J'ai de la morphine.

Il fouilla dans sa poche et en tira deux comprimés blancs d'un gramme chacun. Spence se baladait toujours avec des réserves d'antidouleurs et Dieu seul savait où il se les procurait, car les infirmières se montraient strictes sur la distribution. Il fit glisser les comprimés vers Anya, qui les avala avec une gorgée d'eau. Sandra lui adressa un regard désapprobateur, mais Anya l'ignora. De toute façon, les autres s'en fichaient.

— Commençons, déclara Anya.

À l'exception d'Anya, tous se levèrent et s'étreignirent en déclarant : *Je t'appartiens.* Ilonka avait instauré ce rituel dès leur première séance. Ça lui était juste passé par la tête – ou, plus exactement, elle pensait que ça lui avait été *transmis*. Cette manière de se saluer était solennelle, mais nécessaire. Qu'importe leur solitude au moment d'entrer dans la pièce, lorsqu'ils commençaient à raconter leurs histoires ils ne formaient plus qu'une seule famille. Même Anya, cette grande têtue, semblait apprécier que chacun d'entre eux vienne jusqu'à son fauteuil roulant pour la prendre dans ses bras. Ilonka serra tout particulièrement Kevin, allant même jusqu'à lui faire une bise sur la joue. À ce stade, elle ne risquait strictement rien. Elle murmura à son oreille :

— Je t'appartiens.

Sous son étreinte, elle le sentit vraiment squelettique.

— Je t'appartiendrai toujours, Ilonka.

Elle fut surprise par la note de conviction dans sa voix. À son tour, il l'embrassa sur le front. Ce baiser signifiait beaucoup pour elle, plus que tout ce qu'elle avait vécu jusque-là. Quel dommage que ses lèvres soient si desséchées. C'était un effet secondaire de la morphine, qui asséchait aussi la gorge. La voix de Kevin était perpétuellement enrouée.

Ilonka lui sourit :

— Tu le penses sincèrement ?

Ses yeux marron étaient chargés de bienveillance.

— Bien sûr. Tu as une bonne histoire à nous raconter, ce soir ?

— La meilleure. Et toi ?

— Ton histoire a intérêt à être sacrément bonne pour battre la mienne.

Ils regagnèrent leur place et tous se tournèrent vers Spence. Pas la peine de lui demander s'il comptait commencer, Spence voulait toujours passer en premier et, dans un sens, ce n'était pas plus mal de se débarrasser de l'histoire la plus violente en premier, même si entendre celles d'Anya, inévitablement horrifiantes, n'était pas la meilleure façon de conclure une soirée. Pour cette séance, Ilonka avait décidé de faire en sorte qu'Anya passe en deuxième. Spence sirota une gorgée du thé qu'il avait apporté. Il se sentait chez lui, comme sur la scène d'un théâtre, et Ilonka aurait souhaité qu'il puisse devenir acteur, lui qui étudiait la comédie avant qu'une tumeur au cerveau ne vienne mettre un terme à ses projets. Tout comme Kevin, Spence était un jeune homme aux multiples talents. Il reposa son thé et s'éclaircit la voix avant de commencer :

— Cette histoire s'intitule « Eddie passe à l'action ». Elle se déroule à Paris.

Kevin poussa aussitôt un grognement.

— Qu'est-ce qui se passe ? demanda Spence.

— Mon histoire débute aussi à Paris. Situe la tienne ailleurs !

— Impossible. J'ai besoin de la tour Eiffel. Toi, situe la tienne ailleurs !

— J'ai besoin du Louvre.

— C'est pas grave, intervint Ilonka. Personne à part nous n'entendra jamais ces histoires et, pour ma part, je ne vois pas d'inconvénient à ce que deux histoires se déroulent à Paris. J'adore Paris. J'y suis allée avec ma mère avant de venir en Amérique. Les Parisiens sont hyper mal élevés, mais c'est la ville la plus romantique au monde.

Kevin la fixa avec étonnement.

— J'ignorais que tu étais allée à Paris.

Cela lui plaisait que Kevin la regarde comme ça.

— Tu n'avais pas remarqué que j'avais une personnalité cosmopolite ?

Spencer les interrompit :

— C'est bon, Ilonka, on sait tous que t'as roulé ta bosse. Mais est-on bien tous d'accord sur ce point ? Ça convient à tout le monde que deux histoires se déroulent à Paris ce soir ?

— Il me faudra plusieurs séances pour raconter mon histoire, précisa Kevin.

— Très bien, dit Spence d'un ton exagérément patient. Je ne prévoirai aucune histoire se passant à Paris pour demain soir. Maintenant, laissez-moi commencer avant que quelqu'un d'autre ne se mette à parler.

» C'est l'histoire d'un touriste américain à Paris : Edward Maloney, Eddie pour les intimes. La quarantaine, vétéran du Vietnam. Son visage est salement balafré depuis que ses potes de régiment l'ont accidentellement brûlé au napalm en nettoyant la jungle. À cause de son apparence repoussante, il ne plaît pas beaucoup aux filles, à moins de les payer. Même les prostituées n'aiment pas coucher avec lui. Difficile de simuler quand un monstre pose son regard sur vous.

— Ça commence bien, marmonna Anya.

Spence sourit et reprit :

— Eddie se trouve à Paris pour s'offrir une petite vengeance. La plupart d'entre vous ne le savent peut-être pas, mais les Français étaient présents au Vietnam avant les Américains et, dans la tête d'Eddie, il ne fait aucun doute que c'est eux qui sont responsables de la guerre et de son existence misérable. De plus, comme l'a bien précisé Ilonka, tout le monde à Paris est odieux avec lui depuis son arrivée. Eddie a estimé qu'il fallait attendre le moment propice pour exercer sa vengeance. Ce soir-là, il prévoit de se rendre au sommet de la tour Eiffel avec une paire de fusils à longue portée très puissants et de dégommer les passants un par un. Voyez-vous, le temps que les autorités localisent la provenance des coups de feu, Eddie pense avoir le temps de se payer une vraie boucherie. Ses fusils sont équipés de silencieux, de viseurs, et ont une portée de tir de plus d'un kilomètre.

— On ne peut pas mettre de silencieux sur un fusil à longue portée, précisa Anya. Et puis, c'est impossible de faire des tirs précis à plus d'un kilomètre.

— J'en sais plus sur les flingues que toi, merci bien. Laisse-moi poursuivre. Eddie ne compte pas faire ce coup tout seul. Une de ses ex du lycée vit désormais à Paris, raison supplémentaire pour laquelle il a choisi cette ville pour adresser son message au monde. La fille s'appelle Linda. Vingt ans auparavant, pendant qu'Eddie était à l'armée, elle l'a plaqué pour un joueur de l'équipe de foot. Mais il a retrouvé sa trace et il a décidé qu'elle serait à ses côtés au moment où il enverrait la sauce. Il compte également se servir d'elle comme bouclier quand la police aura finalement trouvé l'origine des tirs.

» Après minuit, Eddie débarque chez Linda. Il a aussi un pistolet équipé d'un silencieux. Il a dégotté tout son attirail au marché noir parisien où, vous vous en doutez, les revendeurs d'armes en provenance d'Israël et des pays arabes font des affaires en or. Linda vit avec un Colombien, mais Eddie n'éprouve aucun scrupule à lui exploser la tête.

— Minute, intervint Anya. Comment il est entré dans la maison ?

— À Paris, personne ne verrouille jamais sa porte.

— En fait si, répliqua Ilonka.

Spence haussa les épaules :

— Eh bien, il est entré par la fenêtre ! Pour un vieux, Eddie est encore bon grimpeur. Bref, il explose la tronche du gars qui dort, puis il s'agenouille sur la poitrine de Linda et lui braque son flingue sur le front :

» – Vas-y, ma chérie, crie. Et ce sera la dernière chose que tu entendras sur cette terre.

» Linda l'a reconnu, car ils se sont revus une fois après la guerre. Elle sait quand il convient de se taire. Eddie lui dit de se fringuer et il l'embarque dans sa voiture.

» La tour Eiffel est sûrement le monument le plus emblématique de Paris, mais à la nuit tombée, quand tout est fermé, la sécurité y est quasi inexistante, contrairement au Louvre ou à n'importe quel autre musée célèbre. C'est un fait : on ne peut pas voler une tour. Et, à moins d'avoir plusieurs caisses de dynamite sous le bras, impossible d'y faire beaucoup de dégâts. Mais il y a quand même quelques gardes et Eddie doit s'en charger, sinon ils déclencheront l'alarme avant qu'il n'ait pu atteindre le sommet de ce foutu truc. D'un côté, Eddie a de la chance, car il peut s'occuper de chaque niveau de sécurité séparément. Quand vous visitez la tour, vous commencez par le bas, évidemment, et vous passez au deuxième étage, qui se trouve à une centaine de mètres plus haut. Puis au troisième, encore à une centaine de mètres. Enfin, vous prenez un ascenseur qui vous amène au sommet. Eddie se gare et marche avec Linda jusqu'à l'entrée du rez-de-chaussée.

— On peut t'interrompre si un truc nous paraît absolument pas plausible ? demanda Anya.

— Non, répondit Spence, outré. Tu nous racontes tout le temps des histoires de démons et de sorcières ! C'est plausible, peut-être ? En plus, en théorie, tout dans mon histoire se tient. J'ai visité la tour Eiffel. Je connais des mecs comme Eddie. C'est un personnage génial et il a nourri son projet pendant des années. Laisse-moi continuer :

» D'une main, il entraîne Linda à sa suite, et il tient son silencieux dans l'autre. Il l'a obligée à porter les mallettes contenant les fusils. C'est plutôt lourd, mais Eddie lui dit que, si elle ne collabore pas, il lui colle une balle entre les deux yeux. Il y a quelques passants autour d'eux et elle a envie de hurler à l'aide, mais elle décide d'attendre une meilleure occasion de s'échapper.

» À l'entrée se trouvent deux gardiens, en train de boire un café. Sans la moindre hésitation, Eddie leur tire dans la poitrine et cache leurs corps en vitesse. Alors, il jette Linda dans l'ascenseur qui mène aux deuxième et troisième niveaux. Il fonctionne manuellement et, tandis qu'ils montent, Eddie se sent bien. Il est à fond dans son truc.

» Arrivé au deuxième niveau, Eddie sort de l'ascenseur avec Linda, laissant derrière eux les mallettes contenant les fusils. Il n'était pas obligé de s'arrêter ici – il aurait pu monter directement au troisième niveau. Mais il veut s'assurer que toute la sécurité de la tour est neutralisée. Il n'y a que deux gardiens au deuxième. Eddie va s'en débarrasser rapidement.

— Comment ça se fait que Linda n'ait pas encore commencé à crier ? s'interrogea Anya.

— Elle a peur qu'il la tue, répondit Spence. Je te l'ai déjà expliqué ! Arrête de m'interrompre, ça m'évitera de faire pareil quand tu raconteras ton histoire. Donc, Eddie monte au troisième et rebelote : deux gardes en moins. Puis il pousse Linda et les mallettes dans l'ascenseur central et ils montent en direction du sommet.

» C'est là qu'il se heurte à un obstacle. Il n'y a qu'un seul gardien au sommet, mais il a déjà été alerté. Il a plusieurs fois essayé de contacter ses collègues d'en dessous et n'a reçu aucune réponse. Au moment où Eddie sort de l'ascenseur, le gardien lui ordonne de s'arrêter. Il est à environ six mètres. Eddie ne parle pas français et il s'imagine que le garde lui demande de se tenir à carreau. Pendant un instant, il continue d'avancer, puis il tend le bras à l'intérieur de l'ascenseur et tire Linda vers lui avant de s'en servir comme bouclier. Il braque son flingue sur sa tempe et dit :

» – Je vais la buter !

» Mais le gardien ne comprend pas l'anglais. En plus, cette femme est manifestement américaine et il ne compte pas se sacrifier pour elle. Il vise et il fait feu.

» La balle frappe Linda juste au-dessus de la taille et ressort de l'autre côté de son flanc gauche. En heurtant Linda, la balle perd de sa vélocité et vient se loger dans le flanc gauche d'Eddie. Ils sont tous deux gravement blessés, mais pas assez pour succomber à leurs blessures, du moins pas encore. En représailles, Eddie tire sur le gardien et l'atteint en plein dans l'œil droit. Le type s'écroule, raide mort. Eddie est maître de la tour. Mais il saigne beaucoup – lui et Linda se vident de leur sang.

» Il y a deux postes d'observation sur la tour Eiffel, un à l'intérieur, l'autre à l'extérieur. Le vent souffle sans arrêt là-haut – il y fait froid même en plein été. L'accès au premier est verrouillé et Eddie ne s'embête pas à prendre les clés sur le cadavre du gardien. Pas plus qu'il ne prend la peine d'attacher Linda. Sa blessure l'empêche de bouger, mais pas de parler. Non pas que Linda soit une grande bavarde. Depuis qu'il a explosé la tête de son copain, Eddie et elle n'ont pas vraiment pris le temps de discuter.

— J'avoue, se plaignit Anya. Je serais pas contre un peu d'interaction entre ces deux-là avant que la police déboule pour les exploser.

— Comment sais-tu que ça finira comme ça ?

— T'es prévisible.

Pris au jeu, Spence se frotta les mains :

— Je vais t'en donner, de l'interaction ! Pendant qu'il charge ses fusils, Eddie se vante de la manière dont il a pulvérisé son mec, mais c'est alors que Linda lui rit au nez.

» – Je t'ai bien eu, dit-elle. Tu m'as rendu service. J'essayais de me débarrasser de ce type depuis six mois !

» Pour le coup, Eddie est pris au dépourvu. Puis il voit qu'elle se met à rire et il se joint à son hilarité. Assise dans une mare de plus en plus étendue de son propre sang, Linda lui dit à quel point il est moche avec son visage à moitié cramé.

— Minute papillon ! intervint Anya. Je croyais qu'elle avait peur de lui !

— Bien sûr, répondit calmement Spence. Mais elle perd son sang et elle se sent un peu dans le pâté, comme si elle était bourrée. En plus, elle se dit qu'il va la tuer de toute façon, alors autant se faire plaisir avant de crever.

Satisfaite de cette explication, Anya hocha la tête :

— Je ferais sûrement la même chose. Est-ce qu'Eddie se sent insulté ?

— Ouais, mais il a du boulot devant lui. Ses fusils sont équipés d'une lunette de sniper, genre infrarouge, qui permet de voir comme en plein jour. D'abord, il scrute la Seine et l'avenue des Champs-Élysées, là où vont tous les touristes pour faire du shopping et s'extasier devant l'Arc de Triomphe. Il est deux heures du matin passées, mais il y a quand même encore quelques péquins qui se promènent. Eddie ajuste sa lentille télescopique et vise un petit vieux.

— Pourquoi un petit vieux ? protesta Anya.

— Tu veux pas la fermer, s'il te plaît ? Eddie tue qui il veut ! Il vise le vieux et appuie sur la gâchette. Le gros de la détonation est étouffé par le silencieux et l'écho est emporté par le vent. À presque un kilomètre de là, le vieux s'écroule par terre. Plusieurs personnes accourent pour voir ce qui se passe. Ils voient du sang, le trou dans le front du vieux, et ils jettent des regards anxieux autour d'eux. Eddie sourit, il se sent bien – c'est comme être de retour au Vietnam ! Oh, j'ai oublié de vous préciser un truc. Jusqu'à ce qu'on lui fasse frire la tronche, Eddie adorait être un soldat. Pour lui, le Vietnam, c'était comme Disneyland.

» Derrière lui, Linda demande s'il a touché quelqu'un.

» – Ouais, répond-il. Un de moins. Encore cent à buter !

» Linda l'abreuve d'injures. C'est une fille bizarre mais pas une meurtrière. Elle est contente que son mec ait cassé sa pipe, mais ça ne signifie pas qu'elle veut voir des innocents mourir. Dans l'espoir de ralentir le massacre, Linda interroge Eddie sur ce qu'il est devenu depuis la dernière fois qu'ils se sont parlé. Comme si Eddie avait envie de lui raconter sa vie ! Après tout, elle l'a plaqué pour un autre et c'est sa faute s'il s'est retrouvé à arpenter des chemins obscurs menant à la folie.

» Pourtant il se confie, car il n'a personne d'autre à qui parler. Mais il continue à se déplacer au dernier étage de la tour, tirant au hasard sur les gens les uns après les autres, dans différents quartiers de Paris. En dessous, il voit la police et les ambulanciers qui se précipitent vers les victimes. Ils n'ont aucun moyen de savoir d'où proviennent les coups de feu – du moins, c'est ce que croit Eddie. Il parle à Linda de son incapacité à trouver du travail après être rentré au pays, des antidouleurs qu'il a dû se farcir pour que ses brûlures ne le fassent pas souffrir, comment il est devenu accro à ses médicaments et comment il a été obligé de voler pour entretenir son addiction. Curieusement, Linda lui manifeste de la compréhension.

— T'es pas sérieux ? interrompit Anya.

— Je ne suis pas aussi prévisible que tu le croyais, pas vrai ? dit Spence avec un rictus.

— Quand on est aussi incohérent, c'est facile d'être imprévisible.

— Tout s'imbrique à merveille, continua Spence. Laisse-moi finir. Eddie a déjà tué, ou sévèrement blessé, une trentaine de personnes quand Linda lance un véritable pavé dans la mare. Elle annonce à Eddie qu'avant son départ pour la guerre il l'a mise enceinte et qu'elle a accouché d'une petite fille. En entendant cette nouvelle, Eddie manque de tomber de la tour. Il veut savoir où est la fille, comment elle s'appelle et pourquoi elle ne lui a jamais rien dit. Mais Linda lui rit au nez.

» – Regarde-toi, dit-elle. Quel genre de père aurais-tu été pour elle ?

» Eddie comprend ce qu'elle veut dire – et on peut lui reconnaître cette honnêteté. Mais il veut tout de même en savoir plus sur sa fille. Il pose ses fusils, dégaine son pistolet et le pointe sur la tempe de Linda. Narguer Eddie pendant qu'il était occupé à tuer d'autres gens, c'était facile, mais maintenant que le canon est braqué sur elle, Linda est terrorisée.

» – Dis-moi tout, Linda. Ou je t'abats ici et maintenant.

» C'est ainsi que Linda lui parle de Janice. Elle a vingt ans, en toute logique, et vit à Paris. En fait, quand Eddie est entré dans la maison par effraction, elle dormait dans la pièce voisine. C'est pour cela que Linda a suivi Eddie sans faire d'histoires. Pour que Janice continue à dormir et ait la vie sauve.

» Eddie vit une sacrée soirée. Le jour même où il décide de montrer au monde toute l'étendue de sa haine, il apprend qu'il est papa ! Linda explique qu'elle a raconté à Janice que son père était mort en héros au Vietnam. Stupéfait, Eddie secoue la tête. Il baisse enfin son arme et déclare qu'avant qu'on vienne l'arrêter il doit voir sa fille. Ce à quoi Linda répond :

» – Pas avant que tu ne te sois débarrassé de tes armes.

» Eddie n'a aucune intention de faire ça. Il compte bien se payer une bonne fusillade avec les flics avant de quitter cette terre. En plus, il sait où est la maison et n'a donc pas besoin de Linda pour retrouver Janice. En entendant cela, Linda rit à nouveau :

» – Janice se lève très tôt pour aller travailler. Le temps que tu arrives, elle sera déjà partie. Je suis la seule à pouvoir te mener jusqu'à elle.

» Eddie réfléchit à ces paroles. Il comprend qu'il ne restera pas libre bien longtemps. Impossible d'attendre que Janice rentre du travail. Soudain, sa fille l'intéresse plus que les tueries. Il ramasse son pistolet, ses fusils, et balance le tout dans le vide.

» – Allons la voir, dit-il à Linda.

» La perte de sang les a tous les deux énormément affaiblis. De plus, la police française n'est pas aussi stupide qu'Eddie se l'imagine. Les flics ont déduit que l'assassin qui terrorise Paris doit être posté en haut de la tour Eiffel.

Tandis qu'Eddie et Linda s'apprêtent à fuir, trois hélicoptères fendent le ciel au-dessus d'eux. Au même moment, notre joyeux petit couple remarque deux douzaines d'officiers en uniforme en train de gravir les escaliers de la tour. L'ascenseur n'est pas l'unique voie d'accès au sommet. Voyant cela, Eddie martèle la rambarde du plat de la main. Il s'attendait à être attrapé, mais il espérait emporter tout un tas de flics au passage. Sauf qu'il n'a désormais plus d'armes pour les canarder.

» Toutefois, il lui en reste une au dernier étage : le flingue du gardien mort, celui qui les a tous les deux blessés. Linda n'a pas oublié cette arme. Elle profite de ce qu'Eddie s'acharne sur la rambarde pour courir récupérer le flingue et c'est à son tour de le braquer sur la tempe de son ravisseur :

» – Fais ce que je te dis, ou je te bute !

» Linda voit les hélicoptères se rapprocher. À bord, les policiers beuglent des ordres et elle leur fait signe. Mais, bien sûr, ces ordres sont en français et Linda ne peut les comprendre car elle maîtrise mal la langue. Pendant qu'elle fait signe aux flics, Eddie s'éloigne doucement. De puissants faisceaux lumineux balayent le sommet de la tour, éclairant Linda qui brandit une arme et Eddie qui bat en retraite, terrifié et ensanglanté. Que peuvent-ils bien déduire d'une telle scène ? La police fait feu sur Linda et lui explose littéralement la tête.

Anya poussa un gémissement :

— Non ! Ne me dis pas qu'Eddie va s'en tirer ?

— Bien sûr, il est arrêté et mis en détention pour être interrogé. Mais, étant donné qu'il n'était pas armé au moment de l'interpellation, les flics croient que c'était Linda, la tireuse. Le fait qu'Eddie soit blessé ne fait qu'étayer cette théorie. En plus, le Colombien avec qui vivait Linda était un type très peu fréquentable. La police pense donc qu'ils appartenait à un gang. Eddie est relâché. Il retourne en Amérique avec sa fille Janice, qui le vénère car pour elle c'est un héros de guerre.

— Et ils vécurent heureux pour toujours ? grommela Anya avec ironie.

Spence haussa les épaules et répondit :

— Dans la vraie vie, ça n'arrive jamais.

— Comme si ton histoire à toi était réaliste, répliqua Anya avant de sourire. J'ai bien aimé. J'aime bien Eddie. Il me fait penser à certaines personnes présentes dans cette pièce : un vrai malade !

Ilonka prit la parole :

— Je trouve l'idée d'un type complètement fou en train de tirer sur des gens du haut de la tour Eiffel – sans que personne sache qu'il y est – assez fascinante.

Pourtant, certains détails de l'histoire lui avaient semblé tirés par les cheveux, comme l'arrivée inopinée d'une fille dans le récit. Elle soupçonna Spence d'avoir improvisé ce personnage en cours de route. Mais elle garda ça pour elle, car elle s'abstenait de critiquer les histoires des autres. Elle ne voulait pas qu'ils se permettent de critiquer les siennes. En outre, la beauté des histoires de Spence résidait beaucoup dans leur spontanéité. Son sens de la narration en faisait un conteur imprévisible.

— Moi, j'ai trouvé ça un peu violent, déclara Sandra.

— Comment ça, *un peu* ? demanda Spence, pas le moins du monde offensé. C'était *méga* violent, tu veux dire ! J'aime la violence. La nature même est violente. Les animaux s'entretuent sans cesse.

— On n'est pas des animaux, répliqua Sandra.

— Moi, si.

— J'ai beaucoup aimé, intervint Kevin. Une histoire sans queue ni tête ! Elle a sa place ici. À qui le tour ?

— Anya ? suggéra Ilonka. Qu'en dis-tu ?

— Je crois que c'est au tour de Sandra, dit l'intéressée.

Sandra rougit :

— Ce soir, je vais juste vous écouter.

— Allez, commence simplement à causer et quelque chose viendra, dit Spence. Parle-nous d'une attaque terroriste. Ou du retour de la peste noire !

— Si Sandra n'a pas d'histoire, c'est pas grave, déclara Kevin. Vas-y, Anya. Je veux passer en dernier et Ilonka voudra me précéder. Je sais qu'elle aime mettre la barre très haut.

Un peu plus détendue, Anya hocha la tête. La morphine commençait à faire son effet. Elle prit une gorgée d'eau et débuta :

— Cette histoire s'intitule « Dana et le diable ». Dana vivait dans l'État de Washington, dans une petite ville du nom de Wasteville où tout le monde gâchait son existence à bosser et à aller en cours. Dana était une fille blonde et exquise mais son éducation était stricte et, pour elle, une fille ne pouvait s'amuser qu'en faisant des choses immorales. Ses parents étaient tellement de droite que, s'ils avaient été des oiseaux, ils auraient tourné en rond à force de ne battre que d'une aile. En revanche, Dana avait le vice dans la peau et cela la tourmentait sans cesse. Elle voulait fréquenter des mecs, vivre de sexe, de drogue et de rock'n'roll. Elle priait Dieu pour qu'il la libère de ses vils désirs, mais aussi pour qu'ils soient comblés. Mais que ferait Dieu de telles prières ? C'est ainsi que le diable se présenta à sa place.

» Il s'invita dans la chambre de Dana pile au moment où elle s'agenouillait pour prier au pied du lit, juste avant d'aller se coucher. Vous connaissez le diable, il peut être très sexy quand il veut. Et, ce soir-là, il se présenta sous l'apparence de James Dean, habillé d'un jean étroit, d'un blouson en cuir et d'une paire de santiags. Il avait les cheveux gominés et une clope au bec. Dana le regarda et cligna des yeux. Elle n'avait jamais halluciné, auparavant.

» – N'aie crainte, déclara le diable. Je ne mords pas. Je peux m'asseoir ? demanda-t-il en désignant le lit. J'aimerais qu'on parle.

» Dana hocha la tête et s'assit sur le lit à ses côtés. Évidemment, elle demanda à qui elle avait affaire.

» – Je suis le diable, répondit-il. Mais ne t'en fais pas. Je ne suis pas aussi méchant qu'on le prétend.

» Dana ignorait s'il blaguait ou non, et elle ne répondit rien, d'autant qu'elle le trouvait très mignon. James Dean était mort bien avant sa naissance et elle n'avait absolument pas conscience de s'adresser à un genre de clone de la star.

» – Qu'est-ce qui vous amène ? demanda-t-elle simplement.

» Alors, le diable tira sur sa cigarette et annonça qu'il venait lui faire une offre :

» – Tu as envie de faire la fête, commença-t-il. Mais tu veux aussi être major de ta promo. C'est comme si tu étais deux personnes à la fois, et c'est impossible. Je peux remédier à ton problème. Je peux créer un autre toi, un double parfait. Tu serais dans les deux corps à la fois. Tu ressentirais tout ce que l'autre éprouve. Tu aurais ainsi accès au sexe, à la drogue et au rock'n'roll, même pendant que tu pries à la messe.

» – Comment feriez-vous pour me dédoubler ? demanda-t-elle.

» – Je suis le diable, répondit-il. Je peux tout faire.

» – Vous êtes vraiment le diable ?

» C'est à ce moment-là que Dana remarqua une chose chez son interlocuteur : il avait beau tirer sur sa cigarette, cette dernière ne se consumait pas.

» – Mon bla-bla ne te convaincra pas, dit le diable. En revanche, si tu acceptes ce petit marché et que je te dédouble, tu n'auras d'autre choix que de croire en moi. Qu'en dis-tu ?

» Là, Dana devint méfiante. S'il était bien le diable, pourquoi l'aiderait-il ? Elle demanda :

» – Que voulez-vous en échange ?

» Le diable sourit, ce qui faisait toujours son petit effet sur la gent féminine.

» – Rien, répondit-il.

» – Rien ? Même pas mon âme ?

» Le diable balaya cette remarque d'un geste de la main.

» – Non, je n'ai pas besoin de l'âme des gens. C'est juste de la propagande servie par vos prêtres et vos prédicateurs. Bien des âmes viennent à moi sans qu'il soit besoin que je fasse des miracles. Non, l'offre que je te fais est sans engagement. Si tu m'accordes ton consentement, la seule chose que j'attends de toi en retour, c'est que tu tiennes cet engagement pour au moins un an.

» Dana se montra intéressée :

» – Alors, si je veux, je pourrai avoir mon double pour une année de plus ?

» – Oui. Au terme de cette première année, si tu es satisfaite, je pourrai même te tripler.

» Cette proposition lui sembla acceptable. Elle pensait se rendre dans le Sud, à Los Angeles, pour s'éclater à fond pendant que son double resterait à Wasteville et obéirait aux quatre volontés de ses parents. Cependant, un détail la chiffonnait :

» – Ça ne va pas être un peu perturbant, d'être dans deux corps à la fois ?

» – En ce moment, tu vis déjà avec deux esprits dans un même corps. Tu t'y habitueras.

» Le diable lui tendit une main dépourvue de la moindre ride :

» – Marché conclu, Dana ?

» – Vous ne demandez pas une goutte de mon sang ou un truc du genre ?

» – Non, une poignée de main suffira. Niveau sang, j'ai déjà tout ce qu'il me faut.

» Dana lui serra la main. Le diable grimaça un sourire et jeta sa cigarette par terre, ce qui agaça Dana, qui était du genre maniaque. Puis il se redressa, souffla sa dernière taffe à pleins poumons et, ô surprise, la fumée se solidifia en une copie conforme de Dana. À ce moment-là, la jeune fille eut l'impression d'être à deux endroits en même temps, et c'était bien le cas. C'était une sensation un peu déroutante mais géniale. Son double la regarda fixement et elle dévisagea son double. Elle était dans deux corps à la fois ! Le diable se tint entre elles et les regarda l'une après l'autre.

» – Maintenant, souvenez-vous bien de ce que j'ai dit. Pendant au moins un an, vous serez deux Dana bien distinctes.

» – Pourquoi avoir établi cette condition ? demandèrent les deux Dana d'une même voix.

» Pour toute réponse, le diable sourit sournoisement, puis il s'évapora.

» Vous vous dites peut-être que les deux Dana avaient beaucoup de choses à se raconter. Mais, en vérité, elles n'avaient absolument rien à se dire. Autant se parler tout seul. Pourtant, il y eut aussitôt une dispute entre les deux. Le double – que nous appellerons Dana Deux – commença à s'éloigner de la maison. Elle avait eu exactement la même idée que son modèle : se rendre à Los Angeles et faire une grosse teuf. Sauf que la Dana originale voulait elle aussi aller à Los Angeles, et que son double reste sur place. Elles se disputèrent pendant plusieurs minutes avant de comprendre que ni l'une ni l'autre n'obtiendrait gain de cause. Par ailleurs, cela n'avait aucune importance, puisqu'elles ressentiraient toujours ce que faisait l'autre. Au final, la Dana originale autorisa Dana Deux à partir. La jeune femme était inquiète que ses parents puissent remarquer quelque chose d'anormal après l'intervention du diable, mais, à dire vrai, elle-même n'avait relevé aucune différence avec son double.

» Le lendemain, Dana se leva tôt, tout comme Dana Deux. Elles comprirent aussitôt une chose. Les deux Dana devraient se réveiller et se coucher en même temps, autrement l'une obligerait l'autre à rester debout.

» C'était vraiment emmerdant, mais, avec toutes les choses amusantes qu'elle allait pouvoir vivre par procuration, Dana se dit que cela en valait la peine. Dana Deux se réveilla dans un bus à destination de Los Angeles. Dana avait donné tout son argent à son double – en fait, on peut dire que le double s'était servi. Mais cela revenait au même.

» Dana se rendit en cours et passa une journée effroyable, car son double voyageait dans un bus très inconfortable, et la route était longue entre Wasteville et L.A. Elle passa la journée à souhaiter qu'il y ait un moyen de bloquer ce que son double ressentait, mais les choses se tasseraient certainement une fois que son double se serait installé. Ce soir-là, Dana alla se coucher tôt, car son double était exténué par son voyage.

» Le jour suivant se passa bien mieux. Dana Deux était enfin arrivée à L.A. et elle prenait un bain de soleil sur la plage dans un tout petit bikini. Assise en classe, la Dana originale sentait la chaleur du soleil sur ses jambes et sur le haut de son corps, ainsi que les grains de sable sous ses fesses. Je ne sais plus si je vous l'ai précisé, mais Dana avait dix-huit ans et c'était une fille de rêve pour tous les adolescents. Une blonde aux yeux bleus et avec des seins au galbe si parfait qu'on aurait pu croire qu'ils étaient refaits. Dana Deux ne tarda pas à attirer l'attention d'un sauveteur. Ils commencèrent à discuter et c'est ainsi que Dana Deux obtint son premier rencard. La Dana originale n'était jamais sortie avec un garçon. Ses parents ne l'auraient pas autorisée.

» Vu qu'on en parle, ces derniers étaient en train de regarder la télé en compagnie de la Dana originale, devant un de ces films Disney où des animaux des bois essayent de survivre à un hiver cruel, et pendant ce temps le sauveteur emmenait Dana Deux boire un dernier verre chez lui. Ils sortaient du restaurant et avaient déjà bu du vin. Vous imaginez à quel point la Dana originale, assise près de ses parents, eut du mal à garder son sang-froid. Surtout quand le sauveteur commença à embrasser langoureusement Dana Deux avec passion et à lui toucher les seins. Dana demanda la permission de monter dans sa chambre, mais son père refusa d'un hochement de tête. Il ne plaisantait pas avec les activités en famille.

» C'est ainsi que Dana perdit sa virginité – devant ses parents, pour ainsi dire. J'aimerais pouvoir vous dire qu'elle était parvenue à ne pas crier lorsque son tout premier orgasme la frappa, mais je vous mentirais. Comme son double, elle ne fut pas très discrète et sa mère fut tellement secouée de voir sa fille adorée dans un tel état qu'elle insista auprès du père pour qu'il l'emmène illico aux urgences. Dana sourit tout le long du chemin jusqu'à l'hôpital et, à part une pression artérielle un peu élevée, les médecins ne découvrirent rien d'anormal chez elle.

» Le temps passa et la vie fut de plus en plus intéressante pour Dana. Il faut dire que Dana Deux se faisait plaisir ! Elle ne resta pas longtemps avec le sauveteur. Le type se baladait tout le temps torse nu et on les dévisageait chaque fois qu'ils sortaient dans un endroit chic. Elle s'acoquina ensuite avec un producteur qui la laissa squatter chez lui. Ce mec – un certain Chuck – avait produit des films à petit budget qui lui avaient valu un succès populaire, mais ce n'était en aucun cas un de ces grands pontes des studios. Il était tout le temps en galère. Il déclara à Dana Deux qu'il voyait en elle un potentiel d'actrice et elle le crut sur parole – elles y crurent *toutes les deux*. C'est alors que Chuck lui fit découvrir le sucre faible en calories le plus prisé des stars d'Hollywood : la cocaïne. À défaut de cervelle, on peut dire que Dana Deux avait du nez. Elle fut accro dès son premier rail. Elle était dingue de cette merde. Elle était capable de se défoncer en plein après-midi, laissant la Dana originale assise mollement en cours, le regard vitreux, à gribouiller dans ses cahiers. Ses résultats scolaires commencèrent à baisser, mais ce n'était pas grave : elle serait bientôt une star de cinéma. Elle aimait aussi Chuck – en quelque sorte. C'était un mec drôle. Quand elle baisait avec, surtout en étant défoncée, Dana avait l'impression de mourir et de monter tout droit au paradis. Parfois, elle se demandait pourquoi le diable ne prenait pas la place de Dieu pour transformer le monde en un endroit plus beau. Elle lui en était infiniment reconnaissante.

» Mais ce sentiment ne dura pas, car les choses partirent vite en vrille pour Dana – les deux Dana. Un jour, Dana Deux rentra chez Chuck et le surprit au lit avec un autre homme. Il lui proposa aussitôt de se joindre à eux, mais Dana Deux avait eu une éducation stricte et on ne pouvait renoncer à ses principes. Elle quitta la maison de Chuck pour ne plus jamais y revenir.

» Dana Deux se retrouva dans les emmerdes – et, fatalement, l'autre Dana aussi. Elle n'avait plus de quoi se payer les cinq cents dollars quotidiens que lui coûtait son addiction à la coke. Elle entama alors une désintox, tout comme la Dana originale. Bonnes notes ou pas, elle ne pouvait plus assister à ses cours. Son père était mécontent de son comportement et il la battait très souvent, pendant que Dana Deux errait dans les rues de L.A. à la recherche d'un toit, de nourriture et d'un peu de poudre. Les deux jeunes filles vivaient une existence misérable.

» Les mois passèrent. Je pourrais vous raconter en détail leur inexorable descente aux enfers, mais je ne pense pas que cela soit nécessaire. Pour résumer, Dana fut renvoyée du lycée, punie *ad vitam,* et Dana Deux termina à la rue et maltraitée. C'est alors qu'enfin la Dana originale en eut assez. Elle voulut rompre le pacte. Elle pria le diable pour qu'il la débarrasse de son double, mais il resta sourd à sa demande. Dana Deux avait probablement entendu sa prière et avait exhorté le diable à ne pas intervenir. Certes, il y a une forme de contradiction entre ces deux volontés différentes. Mais, contrairement à ce qu'avait dit le diable, qu'elles soient deux esprits dans un même corps n'avait rien à voir là-dedans. En fait, Dana n'était pas différente des autres adolescentes de son âge. Pour elle, il y avait le bien d'un côté et le mal de l'autre. Le *pour* et le *contre.* Mais on veut tous expérimenter l'interdit, et le *contre* avait donc toujours lourdement pesé dans la balance de son esprit.

» Désormais, Dana ne priait plus ni le diable ni Dieu – ce dernier la dégoûtait. Elle estimait que c'était un pauvre imbécile. Il avait créé Adam et Ève et leur avait dit qu'ils pouvaient avoir tout ce qu'ils voulaient dans le jardin d'Éden, sauf le fruit de l'arbre de la Connaissance. Évidemment qu'ils désireraient ce qu'ils ne pouvaient avoir ! Dieu était vraiment un psychologue à deux balles ! À moins qu'il n'ait été parfaitement conscient de ses actes et n'ait fait que s'amuser avec eux. Quoi qu'il en soit, c'était à cause de Dieu que le diable existait et Dana se sentit manipulée. Elle décida de prendre les choses en main, car elle ne pourrait pas supporter de vivre une année entière dans deux corps séparés. Il fallait qu'elle tue son double.

» Évidemment, son double fut au courant à l'instant même où Dana prit sa décision. On pouvait s'attendre à ce que Dana Deux se contente de fuir, mais où irait-elle ? La Dana originale le saurait aussitôt. Chacune rejetait la faute sur l'autre, même si sur le plan intellectuel elles étaient conscientes qu'elles ne s'en prenaient qu'à elles-mêmes. Mais à quoi bon être intelligente quand on mène une vie de misère ? Elles voulaient que ça cesse. L'une des deux devait mourir.

» Le père de Dana conservait un fusil de chasse dans la maison. Elle vola l'arme, la voiture de son paternel, et fonça vers le sud en direction de L.A. La sentant arriver, Dana Deux songea à l'attendre, mais pas sans rien faire. Elle se procura aussi une arme – un pistolet – et réfléchit à une stratégie. Mais, dès qu'une idée lui venait, elle percevait les rires de Dana. Les deux jeunes filles s'envoyèrent un message par télépathie :

» – Au diable, ces conneries ! On se retrouve et advienne que pourra !

» Et elles se rencontrèrent au fond d'une ruelle sordide dans l'un des quartiers les plus malfamés de la ville, à la nuit tombée – à minuit, pour être précise. Dana avança dans la ruelle, son fusil braqué sur Dana Deux, qui elle-même visait la tête de son double avec le pistolet. Elles se rapprochèrent de plus en plus, jusqu'à ce qu'il soit évident que l'une des deux devait tirer. Mais, quand l'une hésitait, l'autre l'imitait. Trois mètres les séparaient et toujours aucun coup de feu.

» Dana Deux partit d'un ricanement sarcastique :

» – Eh bien, quel est le problème ? Tu as peur ?

» – Si j'ai peur, alors toi aussi.

» – C'est vrai, dit Dana Deux en hochant la tête. Mais c'est toi qui as eu l'idée de venir jusqu'ici pour me tuer.

» – Si c'était bien mon idée, c'est toi qui me l'a inspirée.

» – Touché. Donc nous sommes bien d'accord : on se rejette mutuellement la faute pour tous nos problèmes ! C'est un début. Comment y met-on un terme ?

» – L'une de nous deux doit disparaître, déclara Dana. Tu le sais aussi bien que moi. Et, comme c'est moi l'originale, c'est moi qui devrais rester en vie.

» – Comment peux-tu être sûre que c'est bien toi l'originale ? Comment savoir où tu te tenais, où tu étais assise au moment où le diable t'a faite – ou moi ? C'est un petit malin, tu sais. Et puis qu'est-ce que ça change ? Je suis comme toi. J'ai tout autant le droit de rester en vie !

» – Tout comme tu mérites de mourir, rétorqua Dana, son doigt sur la détente.

» Elles gardèrent leurs armes braquées l'une sur l'autre. Les deux jeunes filles étaient en sueur. Elles étaient en tout point similaires et, même si elles se regardaient bien en face, elles ne voyaient pas tout à fait la *même chose.* Leur point de vue, leur position et leur tenue différaient très légèrement – ce qui pimentait un peu les choses.

» Dana Deux demanda :

» – Il ne t'est pas venu à l'esprit qu'en me tuant tu risquais de faire disparaître tout ce qu'il y a de fun chez toi ? Le diable nous a peut-être vraiment séparées en deux. Si tu me tues, peut-être que tu ne t'amuseras plus jamais de toute ta vie !

» – Et toi, il ne t'est pas venu à l'esprit qu'en me tuant tu risquais de tuer tout ce qu'il y a de bon en toi ? répliqua Dana.

» – Non. Et toi non plus. Parce que tu sens qu'il n'y a rien de bon à rester cloîtrée dans cette maison avec ces deux timbrés.

» – C'est vrai, admit Dana après un instant de réflexion. Alors on fait quoi ? Au train où vont les choses, on ne tiendra pas jusqu'au bout de l'année.

» – J'avoue.

» – L'une de nous deux devrait se laisser tirer dessus.

» – Tout à fait d'accord. Je veux bien te tirer dessus.

» – Et si c'était moi qui tirais ?

» – Et si on tirait en même temps ? suggéra Dana Deux.

» – Eh bien, on mourra toutes les deux.

» – De toute façon, ça reviendra au même. Si tu tires, je tire et vice versa.

» – Et si c'était ce que le diable voulait ? Peut-être qu'il l'avait prévu. Si on meurt en même temps, il gagne et on ira probablement toutes les deux en enfer.

» – Tu marques un point, reconnut Dana Deux. Mais on n'en saura rien tant qu'on n'aura pas sauté le pas.

» – J'ai un fusil, dit Dana. Et toi un simple pistolet. Il te faudra un coup de chance pour m'abattre.

» – C'est un 45 Magnum, précisa Dana Deux. Pas besoin de chance.

» Elle marqua une pause et reprit :

» – Allez, on va tirer toutes les deux et on le sait très bien. On y va. On compte jusqu'à trois et on tire. Mais sans tricher. C'est le moins qu'on puisse faire. Tu es d'accord ?

» – Ouais. Un…

» – Deux…

Anya s'interrompit et but une gorgée d'eau. Une gorgée interminable.

— Alors ? s'impatienta Spence. Nous dis pas que tu ne connais pas la fin !

— Je la connais, répondit Anya à contrecœur, son expression chargée d'une étrange gravité.

— Crache le morceau, nom de Dieu ! dit Ilonka, complètement captivée par son récit.

Anya s'autorisa un vague sourire :

— Étant donné qu'il s'agit d'une histoire de pacte avec le diable, ton choix de mots est plutôt ironique, Ilonka. Mais je vais vous dire ce qui s'est passé : elles tirèrent au moment de dire deux. Chacune avait voulu prendre le dessus sur l'autre. L'une d'entre elles fut tuée, l'autre sévèrement blessée, paralysée à vie. Je sais, c'est une triste histoire ! Une des deux Dana passa le reste de ses jours dans un fauteuil roulant. Puis vint un jour, au crépuscule de sa vie, où le diable revint lui rendre visite, toujours sous l'apparence de James Dean. Il fumait une cigarette et il proposa à Dana un nouveau marché. Après ce qu'il s'était passé la première fois, elle commença par refuser, mais le diable insista :

» – Si tu conclus ce pacte avec moi, dit-il, tu ne connaîtras jamais l'enfer.

» Cela piqua l'attention de Dana. Elle lui demanda quoi faire.

» – Suicide-toi, dit-il en désignant son corps ravagé. Mets simplement fin à tes jours et cet enfer sera terminé. Tu aurais déjà dû te supprimer il y a longtemps.

» – Mais qu'arrivera-t-il à mon âme ?

» Le diable secoua la tête.

» – Seul Dieu le sait.

» – Dites-vous la vérité ? demanda Dana.

» – T'ai-je déjà menti auparavant ?

» Dana réfléchit un instant.

» – Je suppose que non. Mais vous dites que vous ne savez pas.

» – C'est vrai, je n'en sais rien, reconnut-il. Pour te dire la vérité, j'ignore même s'il existe un Dieu. Cela fait partie de ces mystères qu'il est difficile de résoudre.

» Il s'interrompit et demanda :

» – Au fait, tu es laquelle ? Dana Deux ou l'originale ?

» Dana secoua la tête.

» – Je ne m'en souviens pas.

» Le diable hocha la tête.

» – Bon vent, Dana.

» Puis il se volatilisa.

Anya s'interrompit et reprit une gorgée d'eau. Elle les faisait languir. Enfin, elle regarda autour d'elle, visiblement ravie du pouvoir qu'elle exerçait sur son assistance, et rigola :

— C'est tout, les gars. L'histoire s'arrête là !

— Tu peux pas nous faire ce coup-là ! protesta Spence.

— Honnêtement, je sais pas ce qui se passe ensuite.

Spence insista :

— Invente un truc !

Anya soutint longuement son regard, reprenant peu à peu son sérieux.

— Inventer, c'est pas mon truc, Spence. Tu le sais très bien.

Spence reprit son calme.

— Bon, dit-il. En tout cas, le début était mortel !

— Ça déchirait du début à la fin, déclara Kevin avec enthousiasme.

— J'ai bien aimé, ajouta Sandra.

— Si c'était un livre, j'en prendrais deux exemplaires, dit Ilonka.

— Hé ho, intervint Spence. Et mon histoire à moi ? Pourquoi tu ne m'as pas proposé de l'acheter ?

— La tienne, c'est plus le genre de livre qu'on emprunte à la bibliothèque.

— Ou à un pote, précisa Kevin en se mêlant à la moquerie générale.

— Et encore, si on a rien d'autre à foutre, ajouta Anya.

Elle marqua une pause et se mit soudain à rougir. Puis elle s'exprima doucement :

— Merci de m'avoir écoutée sans m'interrompre. Je tenais vraiment à ce que vous entendiez cette histoire. J'ai l'impression que beaucoup de choses dedans sont… enfin, je sais pas trop.

— Sont quoi ? demanda Ilonka.

— Non, c'est rien, répondit Anya en se déplaçant dans son fauteuil roulant, probablement le même genre de chaise que celle dans laquelle terminait Dana à la fin de son histoire. C'est à ton tour, Ilonka. Comment s'appelle ton histoire ?

Ilonka n'y avait pas songé.

— Elle n'a pas de titre.

— Inventes-en un, dit Spence.

— Je ne peux pas.

— Pourquoi ça ?

Ilonka hésita.

— C'est l'histoire d'une de mes vies antérieures.

Tout le monde se figea et un silence de mort s'abattit sur la pièce. Spence souriait, tout comme Anya. Sandra semblait perdue. Seul Kevin l'observait attentivement, en train de l'étudier.

— Tu te souviens de tes vies antérieures ? demanda-t-il.

Ilonka dut prendre une longue inspiration. Elle se rendit compte qu'elle tremblait, probablement de honte. Elle n'avait pas eu l'intention de leur dire qu'il s'agissait d'une vie antérieure. Ça lui avait échappé.

— Je n'en sais rien, dit-elle. Je crois que oui.

— L'un d'entre nous est-il présent dans cette vie passée ? demanda Kevin.

Ilonka plongea le regard dans ses yeux marron, accueillants comme un feu en plein hiver. Sans l'ombre d'un doute, elle fut persuadée d'avoir vu ce même regard deux semaines plus tôt. Mais elle répondit tout de même par un mensonge, et cela lui fit un drôle d'effet.

— Non, dit-elle. Il n'y a que moi.

Kevin l'étudia encore, les pommettes hautes, sa peau aussi douce et pâle que celle d'un vampire.

— Intéressant, dit-il. Raconte-nous ton histoire.

Ilonka commença :

— Cela s'est passé en Égypte, il y a vingt mille six cent cinquante ans de cela. Je sais, c'est treize siècles avant la découverte de l'Égypte ancienne, mais c'est comme ça que je le perçois. En ce temps-là, il y avait des pyramides sur les bords du Nil. Sauf que le fleuve n'était pas au même endroit qu'aujourd'hui, mais à dix kilomètres à l'est. Bref, ces détails ne sont pas importants et je me fiche que vous y croyiez ou non.

» Mon nom était Delius. Au moment où commence cette histoire, j'avais vingt-sept ans environ. J'étais grande et mince. Je n'étais pas mariée, mais il y avait un homme dans ma vie, un très grand homme : mon Maître. Je ne me souviens pas de son nom. Probablement parce que je l'appelais toujours Maître. Il était comme Jésus ou le Bouddha. Il était habité par le divin. Auprès de lui, on ressentait l'amour, la puissance et surtout une intense *présence*. Il était doté de nombreux pouvoirs. Il pouvait guérir les malades, deviner les pensées de n'importe qui, et il avait le don d'ubiquité. Mais sa grandeur ne découlait pas de ses dons. Le vrai miracle résidait dans la manière dont il pouvait changer le cœur des hommes et des femmes. En sa présence, les gens devenaient comme lui : divins. Telle était la raison de sa présence sur terre : ramener le peuple auprès de Dieu. Je l'aimais énormément et il me semble que j'aurais fait n'importe quoi pour lui.

» À l'époque, j'avais une amie, une amie très spéciale du nom de Shradha qui avait une fille de treize ans dont j'étais très proche : Mage. Ma très chère Mage. Avec Shradha, nous étions tellement liées que je considérais un peu Mage comme ma fille. Malgré notre affection commune, Shradha était jalouse des liens que j'avais avec son enfant. Mage buvait mes paroles et elle m'admirait comme si j'étais son professeur. Mais elle se montrait souvent têtue avec sa mère. Vous savez à quel point les mamans peuvent être casse-pieds. Eh bien, c'était pareil au temps jadis.

» Un jour, j'invitai Mage à passer quelques jours dans ma maison. Elle fut enchantée, mais Shradha était plus réservée. Nous vivions une époque dangereuse et elle n'aimait pas savoir sa fille loin de chez elle. La sécheresse avait fait des ravages et la nourriture était rare. Les gens pètent les plombs en période de disette et ils font des choses dingues qu'ils ne feraient pas en temps normal. Mon invitation provoqua une dispute entre Shradha et moi. Je quittai la maison de Shradha, songeant que la visite de Mage tenait toujours. Ayant surpris notre conversation, la jeune fille dit à sa mère qu'elle se rendait chez une amie. Shradha tenta de l'arrêter, mais Mage se rua sur la porte et disparut.

» Plus tard – dans l'après-midi de la même journée, il me semble – je revins chercher Mage mais trouvai la maison vide. Je décidai de rassembler ses affaires et de les emporter chez moi pour lui éviter d'avoir à les transporter. Des années auparavant, j'avais confectionné pour elle un sac en toile de lin. Sur le devant, j'avais brodé son nom. Aujourd'hui, si je ferme les yeux, j'arrive encore à voir les symboles – comme des hiéroglyphes mais en plus simple. Je fourrai dans ce sac tout ce dont Mage pouvait avoir besoin et retournai à pied jusque chez moi, à six kilomètres de là.

» Mais, ce que j'ignorais, c'est que Mage était morte. En chemin vers la maison de son amie, elle était tombée dans le piège de deux hommes affamés. C'est difficile à entendre – rien que d'y penser, ça me fait mal – mais ils avaient tué Mage et ils l'avaient mangée. Avec la disette, le cannibalisme était devenu monnaie courante. Les restes de son corps furent découverts par un paysan et on put l'identifier grâce à l'écharpe qu'elle portait. Il ne restait plus grand-chose à enterrer. En tout cas, certainement pas assez pour préparer le corps afin de prévoir des funérailles telles que les Égyptiens aimaient en organiser pour leurs chers disparus. Pendant que j'étais chez Shradha, un homme au service de sa famille mena cette dernière à la dépouille de sa fille.

» De retour chez elle, Shradha était dévastée, mais une chose lui remonta le moral : les affaires de Mage avaient disparu. Elle songea que l'esprit de sa fille était revenu prendre ses effets personnels pour les emporter dans l'autre monde. On pensait alors que, même dans la mort, l'esprit pouvait avoir l'usage de ce genre de choses. C'est pour cette raison qu'on enterrait les morts avec des objets. Cela faisait partie de la religion de l'époque, mais pas des enseignements du Maître. En ce temps-là, il n'avait que peu d'adeptes, car il avait prédit que la sécheresse ne durerait pas. Or, elle avait duré sept ans. Il avait fait cette fausse prédiction à dessein afin que seuls ses disciples les plus dévoués restent auprès de lui. Depuis le début des temps, le Maître se manifestait d'abord comme un dieu puis comme un être faillible. Mais, à l'intérieur, il restait le même : un être immortel.

» Au cours des jours qui suivirent la mort de Mage, Shradha ne trouva du réconfort que dans le fait que sa fille était venue prendre ses affaires. Au bout d'un moment, elle eut la chance de rencontrer le Maître et elle lui raconta ce qui était arrivé à sa fille.

» – Oui, je sais, dit-il. J'étais près d'elle lorsque c'est arrivé. Mais tu n'as pas à t'inquiéter. Elle va bien, je l'ai menée vers la lumière.

» Ces mots rendirent Shradha heureuse.

» – Oui, je sais que son esprit vit encore, dit-elle. Elle est revenue prendre ses affaires avant de quitter ce monde.

» Mais le Maître lui révéla la vérité :

» – Non. C'est Delius qui a pris ses affaires.

» Devant l'expression horrifiée de Shradha, il ajouta :

» – Mais elle ne l'a pas fait pour t'induire en erreur. Elle ignorait que Mage était morte.

» La suite est bien plus triste que la mort de Mage. Bien que le Maître ait assuré à Shradha que je n'avais pas eu l'intention de lui faire du mal, cette dernière fut tout de même anéantie par la nouvelle. En proie à la souffrance du deuil, Shradha n'avait trouvé de réconfort que dans l'absence de ces objets, qui lui avait donné l'espoir que sa fille était encore en vie, quelque part. Et voilà qu'elle découvrait que ce n'était qu'un acte insensé de ma part. De plus, au fond d'elle-même, Shradha estimait que, si je n'avais pas insisté pour que Mage vienne chez moi, on ne se serait pas disputées et sa fille ne se serait donc pas enfuie de la maison.

» J'en pris conscience au moment où on m'annonça ce qu'il s'était passé. J'exhortai Shradha à croire que je n'avais pas voulu la faire souffrir, mais notre amitié ne fut plus jamais la même et ce fut une grande perte, car nous aurions pu nous apporter l'une à l'autre beaucoup de réconfort. Même s'il nous arrivait de nous disputer avant la mort de Mage, nous étions unies comme les deux doigts de la main. Mais, avec la mort de sa fille, la lumière avait déserté la vie de Shradha et on ne pouvait plus lui faire entendre raison.

» Il y a une fin douce-amère à cette histoire. À la suite de cela, ma vie fut de courte durée. Je mourus d'une crise cardiaque à l'âge de trente-neuf ans. J'avais vu arriver ma fin, car le Maître m'avait révélé combien de temps il me restait à vivre. Une semaine avant mon décès, je vis Shradha et lui répétai que jamais je n'avais eu l'intention de lui nuire en prenant les affaires de Mage. Elle lut la sincérité dans mes yeux, puis elle me serra contre elle et me fit la promesse que, lorsque nous nous retrouverions, plus aucun malentendu ne se dresserait entre nous.

Ilonka cessa subitement son récit et baissa la tête. Elle ne voulait pas que les autres remarquent qu'elle était au bord des larmes. Surtout, elle ne voulait pas croiser le regard de Kevin. Car, en le regardant, ce serait Shradha qu'elle verrait. Toutefois, ce fut Kevin qui tendit la main et lui toucha le bras.

— Tu te sens bien ? demanda-t-il.

Elle renifla et releva la tête avec un sourire forcé.

— J'en sais rien, je me sens bête. Ce n'est qu'une histoire, vous savez. Ça ne signifie rien.

— C'est une très belle histoire, déclara Kevin. Tu as déjà rencontré Shradha dans cette vie ?

Avec un soupir, Ilonka joignit ses mains devant elle.

— Si c'est le cas, elle devait encore m'en vouloir à mort.

— Je crois pas aux vies antérieures, dit Anya. Mais j'ai adoré ton histoire.

Sandra renifla à son tour.

— C'était tellement mignon, murmura-t-elle.

— Je trouve que la partie sur le cannibalisme manquait de détails, jugea Spence. Mais sinon c'était sympa. Qu'est-ce que ton Maître enseignait, exactement ?

Ilonka secoua la tête.

— Je ne peux pas l'expliquer pour l'instant. Beaucoup de choses, mais une seule en définitive : être qui on est. Être Dieu. En ce temps-là, on avait coutume de dire : « Je t'appartiens. » C'est de là que l'idée m'est venue. Le Maître répétait souvent que n'étions qu'un.

— Tu as vraiment l'impression de l'avoir connu, dit Spence.

Ilonka secoua doucement la tête.

— Ce n'est peut-être que mon imagination, mais je sens qu'il s'agit d'une vie antérieure. En tout cas, merci pour vos compliments – sincèrement. J'avais peur de raconter cette histoire. Je ne pouvais la partager qu'avec vous.

Elle se tourna vers Kevin, dont la main était toujours tendrement posée sur son bras. Tout en s'épongeant le visage, elle lui décocha un rictus :

— Alors ? C'est pas trop la pression de passer après moi ?

Il relâcha son bras.

— Toujours.

Kevin avait lui aussi un verre d'eau et il en but une gorgée avant de commencer. Il lui arrivait parfois de devoir interrompre son récit car sa gorge le trahissait. Son Kevin était très fragile et ça, ce n'était pas dans son imagination.

— Mon histoire s'intitule *Le Miroir magique*, commença-t-il. Tout commence au musée du Louvre, à Paris. Si vous ne connaissez pas, c'est probablement l'un des plus célèbres musées du monde. On y trouve *La Joconde* et la Vénus de Milo, ainsi que d'autres sculptures et peintures de maîtres. Il faudrait des jours pour le visiter en entier.

» L'histoire commence avec Teresa, une jeune fille qui a environ le même âge qu'Ilonka. Pas une Américaine.

Elle est originaire de… je ne sais pas vraiment, en fait. Elle n'est pas française, mais elle vient d'Europe. Vu que j'ai parlé d'Ilonka, mettons qu'elle soit polonaise.

» Comme la plupart des gens qui viennent au Louvre, Teresa visitait seule le musée. Elle remarqua aussitôt les dessinateurs qui s'attelaient à recopier les grandes œuvres des maîtres d'antan. Chaque jour, on trouve au musée entre vingt et trente dessinateurs en plein travail de reproduction. Certains sont des étudiants, mais ce sont majoritairement des artistes accomplis. Extrêmement doués pour la plupart. Mais un dessinateur attira tout particulièrement son attention. Il était en train de dessiner *La Vierge aux rochers*, de Léonard de Vinci, un tableau représentant la Vierge Marie avec le Christ et saint Jean Baptiste enfants sous la garde d'un ange. Ils sont assis à l'ombre d'une grotte, prolongée par une perspective empreinte de mystère qui donne le sentiment d'être à l'aube des temps. Bien qu'il ne s'agisse pas de l'œuvre la plus connue de Léonard de Vinci, c'est l'une des peintures les plus importantes de l'art occidental et c'est aussi mon tableau préféré. L'ange en particulier dégage un rayonnement magnifique – à croire que Léonard de Vinci capturait l'âme de ses modèles. C'est le genre de peinture qu'on peut regarder pendant des heures en trouvant des détails nouveaux à chaque minute.

» Teresa fut intriguée par ce tableau, et encore plus par l'artiste qui était en train de le recopier. Car sa version semblait en tout point similaire à l'original. De plus, le jeune homme, pas plus âgé qu'elle, était d'une beauté saisissante et, comme je le disais, Teresa était bien seule. Elle était orpheline et s'était rendue à Paris sans personne. Elle entama la conversation avec le dessinateur et apprit qu'il se nommait Herme. Cependant, étant donné qu'il n'avait pas d'accent, elle n'était pas certaine qu'Herme soit français. En fait, il lui était impossible de déterminer sa nationalité. Elle lui demanda donc directement, mais Herme éluda la question.

» Il se trouve qu'Herme avait une bonne raison de ne pas répondre. S'il le lui avait dit, Teresa l'aurait pris pour un dingue. Parce qu'Herme n'était pas un être humain : c'était un ange. Un type d'ange particulier que nous appellerons "une muse". Un terme inventé par les Grecs anciens, je crois. Ce sont les muses qui inspirent nos grands écrivains, peintres, poètes et musiciens. Herme a été la muse de Léonard de Vinci, mais aussi celle de Raphaël et de Michel-Ange. D'une certaine manière, leurs créations sont les siennes. Mais à l'époque de l'histoire Herme n'inspirait plus personne, et c'est pourquoi il passait ses journées au Louvre à recopier des tableaux. Ce n'est qu'en prenant forme humaine qu'il pouvait peindre et travailler au musée, comme un humain. S'il avait quitté le Louvre, il n'aurait plus été qu'un ange comme un autre, invisible aux yeux des mortels. Mais Herme prenait plaisir à être vu des humains, à leur parler et à les questionner. Une opportunité rendue possible par Dieu, en récompense de tout ce qu'il avait accompli par le passé.

» L'intérêt de Teresa pour Herme était réciproque. Le visage de la jeune fille l'intriguait – il avait un œil d'artiste. Son regard était bienveillant et chaleureux et il voyait un peu de tristesse dans sa jolie moue. Sa voix le fascinait également. Dans une même phrase, Teresa pouvait parler à la fois avec l'innocence d'une enfant et la sagesse d'une femme. Elle était très belle et Herme en fut si épris qu'il lui proposa aussitôt qu'ils aillent déjeuner ensemble au café du musée, une invitation que Teresa s'empressa d'accepter.

» Herme mit ses toiles et peintures de côté et déambula avec Teresa dans les longs couloirs du musée, désignant divers tableaux et la régalant d'anecdotes et d'histoires personnelles à propos des peintres. Sur Van Gogh qui s'était coupé l'oreille pour en faire don à une prostituée, ou Michel-Ange qui n'avait jamais eu l'intention d'être peintre, seulement sculpteur. Il lui révéla des choses que même les plus grands experts ignoraient. Teresa était fascinée par son savoir et la douceur de son tempérament. Je crois que cela va sans dire, mais Herme était bien plus sympa que les gens qu'on croise au quotidien. L'aura de son amour rayonnait dans les œuvres de nombreux artistes qu'il avait inspirés. Et puis, selon des standards humains, il était très séduisant avec ses longs cheveux bruns, son visage sérieux et ses grandes mains fines. Mais il s'habillait très sobrement : pantalon blanc et chemise bleue. Il ne portait pas de montre ni rien de ce genre. Il n'avait pas non plus de portefeuille et, lorsqu'on leur servit leur commande au bistrot, Herme se trouva bien embêté et s'excusa auprès de Teresa, car il n'avait pas de quoi payer. Bien qu'elle n'ait que très peu d'argent, la jeune fille ne vit aucun inconvénient à régler l'addition.

» Ainsi, ils parlèrent en déjeunant et Herme apprit beaucoup de choses sur Teresa, mais cette dernière n'apprit quasiment rien à son propos, sauf qu'il était un grand artiste et avait une connaissance universelle du monde de l'art. Teresa avait de l'instinct et, d'une certaine manière, elle savait qu'Herme n'avait rien à voir avec les autres personnes qu'elle connaissait. À la fin du déjeuner, elle était tombée amoureuse de lui. Et, de par sa qualité d'ange, Herme lut dans son cœur que son amour était sincère. Pour lui, c'était une chose extraordinaire. Bien qu'il ait toujours vécu dans l'incandescence éternelle de Dieu, Herme désirait secrètement connaître l'affection des humains. Il avait œuvré avec eux pendant tant de siècles qu'il était devenu partiellement humain – peut-être plus que ça. Quand vint l'heure pour Teresa de quitter le Louvre, il ressentit de la solitude. Mais elle lui promit de revenir le voir.

» Ce qu'elle fit le jour suivant, à midi, au moment même où Herme mettait la dernière main à sa copie de *La Vierge aux rochers*. Teresa n'en revenait pas de son talent et elle lui dit même que sa copie surpassait l'œuvre originale. Mais Herme nuança aussitôt son propos : son tableau était plus beau uniquement à cause de la peinture neuve. En fait, Herme n'avait jamais tenté de surpasser les œuvres des artistes qu'il avait inspirés, même si en son for intérieur il se disait que c'était possible. Ils déjeunèrent à nouveau ensemble et Teresa régla encore l'addition. Herme en fut gêné, car il avait envie de s'occuper d'elle, lui aussi. Elle lui fit part de ses projets d'aller en Amérique, laissant au passage entendre avec bien peu de subtilité qu'Herme pourrait y faire fortune grâce à son talent. L'enthousiasme de la jeune femme était contagieux et Herme en oublia qu'il n'était pas un être de chair et de sang. Cette réalité le frappa durement lorsqu'elle lui proposa de l'accompagner au cinéma. Herme prétexta du travail à finir, mais il arrivait à Teresa de se montrer obstinée et elle fit des pieds et des mains pour le convaincre, ce qui ne fit qu'empirer le malaise de l'ange. Il finit par lui opposer un refus catégorique qu'elle interpréta mal, songeant qu'elle ne l'intéressait pas. Juste avant que Teresa ne parte, Herme lui demanda si elle reviendrait le voir le lendemain et elle promit de le faire.

» L'après-midi suivant se déroula approximativement de la même manière que les deux précédents, sauf que les sentiments qu'ils nourrissaient l'un pour l'autre étaient encore plus forts. Teresa réitéra son invitation à Herme pour qu'ils sortent du musée. Mais il répondit que cela lui était impossible pour le moment. La jeune femme voulut savoir combien de temps encore il devait rester – pourtant elle avait déjà l'intention de revenir le voir. Lorsqu'il déclara que ce ne serait pas possible, Teresa commença à suspecter qu'Herme fréquentait une autre femme ou bien qu'il était marié. Mais l'ange lui assura aussitôt que ce n'était pas le cas, alors qu'elle n'avait même pas manifesté ses doutes à haute voix. Qu'il puisse ainsi être capable de lire ses pensées prit Teresa au dépourvu, mais Herme la rassura très vite, prétextant une simple coïncidence.

» La pauvre Teresa ne savait plus quoi penser. Ce mec était génial, mais il semblait nourrir pour le musée un attachement surnaturel. Il refusait de lui dire où il vivait, comment il se rendait au musée ou s'il avait de la famille. En fait, à bien y réfléchir, Herme n'avait jamais parlé de lui, juste des peintres dont les œuvres ornaient les grandes galeries du musée. L'ange lisait les pensées de la jeune fille et il savait qu'il ne pouvait continuer de la convaincre jour après jour de revenir au musée. Il comprit qu'il allait la perdre, et cela lui fit plus mal que tout ce qu'il avait éprouvé jusqu'ici – première expérience de souffrance de sa longue existence. Il lui fit promettre de revenir le lendemain et elle accepta, non sans une certaine note d'hésitation dans la voix. Cela ne lui ressemblait pas de demander des promesses – ou quoi que ce soit d'autre. Herme était un ange ; les anges donnent sans rien attendre en retour.

» Cette nuit-là, Herme pria Dieu afin qu'il l'autorise à quitter le musée et à partir avec Teresa. Il pria de longues heures durant, et soudainement il ressentit une grande chaleur pénétrer son âme et il sut que Dieu avait répondu à son appel. Cependant, en même temps, Herme comprit que plus jamais il n'entrerait dans ce musée en tant qu'ange céleste. Il resterait humain à jamais et perdrait tous ses pouvoirs angéliques. Mais, par amour pour sa Teresa, il était prêt à s'y résoudre. Je dis bien *sa* Teresa. Car Herme était déjà persuadé que cette vie qu'il s'était choisie, il la passerait pour toujours en sa compagnie.

» Comme promis, Teresa revint au Louvre le lendemain et Herme quitta le musée en sa compagnie. La main dans la sienne, il sortit au grand soleil et éclata de rire. Il était si heureux, si amoureux. Il pensait que cela durerait à jamais mais, bien sûr, il n'avait encore jamais été mortel.

Kevin s'interrompit et tendit la main vers son verre d'eau. Ils attendirent avec impatience qu'il reprenne son récit, mais il secoua la tête.

— Désolé, les gars, dit-il. Ce sera tout pour ce soir.

— Tu connais la suite de l'histoire ? demanda Anya.

— Oui. Mais j'aimerais la raconter en plusieurs fois. Je n'ai pas la force de trouver une nouvelle histoire chaque soir. Je veux tout donner avec celle-là.

Ilonka n'en crut rien. Kevin était le plus créatif du groupe. Il cherchait probablement à ménager le suspense. Toutefois, son état de fatigue l'inquiétait. Vers la fin, sa voix avait commencé à flancher. En signe d'approbation, elle applaudit discrètement.

— C'est une histoire magnifique, dit-elle. Je suis comme Teresa, déjà amoureuse d'Herme !

Kevin baissa la tête.

— Tu ressembles beaucoup à Teresa, tu sais ? Vous êtes toutes les deux polonaises.

— C'était un détail de dernière minute, répliqua-t-elle en riant.

Ilonka faillit ajouter que, si Kevin s'était inspiré d'elle pour son personnage, il n'aurait pas pu mieux tomber : Teresa était son second prénom. Mais personne à la clinique ne le savait, pas même le docteur White, car elle n'en avait jamais fait usage. Bien qu'elle leur ait raconté une de ses vies antérieures, la jeune femme ne souhaitait pas que Kevin pense qu'elle s'attendait à figurer dans une de ses histoires. Oh que non, certainement pas !

Sandra donna son avis :

— J'ai trouvé ça magnifique, moi aussi. J'ai hâte de connaître la suite !

— Je réserve mon jugement pour plus tard, dit Spence. Il y a des tas d'histoires qui débutent super bien et qui s'étiolent par la suite. Ça m'est arrivé plusieurs fois.

— Toi, tes histoires débutent plutôt super mal et elles empirent par la suite, déclara Anya.

Elle gigota dans son fauteuil, passant distraitement la main sous le moignon de sa jambe. Ilonka l'avait souvent vue faire ce mouvement, comme si elle essayait de frotter une partie de sa jambe fantôme.

— On a beaucoup causé de Dieu ce soir, reprit-elle. D'anges, de démons et de vies antérieures. Est-ce qu'il y en a parmi vous qui croient *vraiment* à la vie après la mort ?

— T'essayes de gâcher l'ambiance, ou quoi ? demanda Spence.

— Non, répondit Anya, courroucée. C'est une question sérieuse et j'aimerais connaître votre opinion. Alors ?

— J'en ai pas, répondit Spence.

— Vu l'endroit où on se trouve, tu y as forcément réfléchi, lança Anya, toujours offensée par le jeune homme.

— Oui, j'y ai pensé. C'est pour ça que je n'ai pas d'opinion. Je dirais même qu'il n'existe pas d'opinion plus honnête.

— Je crois en Dieu, intervint Sandra. Je pense qu'il y a un paradis et un enfer.

Anya fit un petit sourire démoniaque.

— Et dans lequel tu penses atterrir dans les prochains jours, ou les prochaines semaines, Sandra chérie ?

Sandra déglutit avant de répondre :

— Le paradis, j'espère. J'ai toujours essayé d'être gentille.

Anya ricana.

— Si c'est ça le principal critère pour être accepté au paradis, je suis pas certaine d'avoir envie d'y aller, déclara-t-elle avant de scanner la pièce. Et toi, Kevin ?

— Je crois que l'âme existe. Je pense que les expériences de mort imminente vécues par certaines personnes indiquent très clairement que quelque chose survit à nos corps. Je ne crois pas au concept de paradis et d'enfer au sens traditionnel. S'il y a bien un Dieu, je ne vois pas pourquoi il aurait créé un lieu de torture éternelle pour ceux qui auraient commis quelques erreurs de leur vivant.

Kevin marqua une pause.

— Mais je pense aussi que ce que je crois importe peu, reprit-il. Ce qui est… est. Tout simplement. Je ne peux rien y changer. Vous voyez ce que je veux dire ?

— Non, répondit Ilonka en l'observant attentivement.

Elle n'avait encore jamais entendu Kevin s'ouvrir à ce point, sur quelque sujet que ce soit. D'habitude, elle devait lire entre les lignes de ses histoires pour avoir un aperçu de ses sentiments. Il la regarda et secoua la tête.

— Peut-être que je suis aussi grave que Spence, dit-il. La seule chose dont je suis sûr, c'est que je ne sais rien.

— Et toi, Ilonka ? demanda Anya. Vu tes histoires de vies antérieures, je suppose que c'est pas la peine de te poser la question ?

Ilonka réfléchit.

— Je ne sais pas si j'ai une âme. Il y a des moments où je suis sûre d'en avoir une. Et d'autres où j'ai l'impression d'être une coquille vide. Mais je suis convaincue que l'amour survit. Que tout l'amour qu'on a ressenti de notre vivant ne s'éteint jamais. Que Dieu en conserve une trace pour qu'il soit toujours là et qu'il y ait constamment plus d'amour dans l'univers. Et peut-être que chaque fois qu'on revient sur terre il y a toujours un peu plus d'amour qui nous attend.

— Si on revient sur terre, souligna Anya.

Ilonka haussa les épaules :

— On le saura le moment venu.

Spence se redressa :

— C'est justement pour cette raison que ces discussions sont une perte de temps. Tant qu'on sera en vie, on ne saura pas ce que c'est que d'être mort. Si ça se trouve, la grande lumière blanche que les gens disent avoir vue lors d'expériences de mort imminente n'est jamais que l'ultime tentative du cerveau pour ne pas affronter l'horreur de la non-existence.

Il marqua une pause et reprit :

— Si seulement le premier d'entre nous à partir pouvait revenir d'entre les morts, il pourrait raconter aux autres ce qui les attend.

Sandra fit une grimace horrifiée.

— C'est affreux, ce que tu dis.

Spence afficha une drôle d'expression, comme si sa propre idée le choquait.

— En quoi est-ce affreux ? demanda-t-il. Je pense même que c'est la meilleure idée que ce club ait jamais eue.

Ilonka émit un rire gêné.

— Je n'ai aucune envie qu'un fantôme vienne frapper à ma porte en pleine nuit.

— Et si nous connaissions ce fantôme ? demanda Spence en s'adressant à tout le groupe. Je suis sérieux. Pourquoi ne pas nous faire une promesse : le premier ou la première d'entre nous qui meurt mettra tout en œuvre pour contacter les autres. Qu'est-ce que t'en dis, Kevin ?

Ce dernier demanda :

— Tu suggères que la personne en question nous fasse signe depuis l'au-delà ?

— Oui, répondit Spence.

— Tu veux qu'on se mette d'accord dès maintenant sur le genre de signe qu'on se fera ?

— Non.

— Mais, si c'est n'importe quel signe, comment saura-t-on qu'il s'agit bien d'un mort qui se manifeste ?

— Ça peut être n'importe quoi. On pourrait se réunir tard le soir, comme d'habitude, et notre cher disparu fera tomber une lampe ou autre chose.

— Peut-être que les fantômes sont incapables de faire ce genre de trucs, précisa Kevin.

— On peut arrêter de parler de ça ? intervint Sandra. Cette conversation me met mal à l'aise.

— Moi, ça m'intrigue, reconnut Anya.

Sandra était scandalisée :

— Quand une personne meurt, elle ne se balade pas sur terre pour faire signe aux gens ! C'est pas logique !

— Si c'est pas logique, alors tu n'as aucune raison d'avoir la trouille, affirma Spence.

— Je n'ai pas la trouille, dit Sandra d'une voix indignée. Je dis juste que ce n'est pas naturel. Ilonka, dis quelque chose !

— Est-ce que le mort pourrait entrer en contact avec nous par télépathie ? suggéra l'intéressée.

Cette possibilité la piquait au vif. En y pensant, elle réalisa que le sujet l'intriguait autant que tous les autres.

Spence fit non de la tête :

— Ce serait trop abstrait. Ça pourrait être le fruit de notre imagination.

— Et si la personne décédée nous faisait faire à toutes et tous le même rêve ? proposa Ilonka. Ce serait un genre de preuve.

— L'idée est intéressante, reconnut Kevin. À supposer qu'on puisse influer sur les rêves depuis l'au-delà. Pourquoi ne pas se servir d'une planche ouija pour entrer en contact avec l'esprit ?

— Il suffirait de demander au docteur White de nous en acheter une, dit Spence, intéressé par cette option.

Sandra secoua la tête.

— J'en ai assez entendu ! Si je meurs, j'irai au paradis et puis c'est tout !

— T'inquiète, dit Anya. Si t'es la première à partir, personne ici ne sera pressé de te reparler.

Spence intervint :

— Tout doux, Anya, sois cool. Écoute, Sandra, je ne te demande pas de signer un contrat, il n'y a aucun engagement. Et, si tu ne veux pas participer, c'est pas grave. Mais pense un peu au bien que ça nous ferait à tous, de te savoir en pleine forme de l'autre côté.

— Tu pars du principe qu'on sera tous soulagés d'apprendre que l'âme existe, objecta Anya.

— Tu es vraiment d'une humeur massacrante, ce soir, releva Sandra.

Anya prit une voix douce :

— C'est mon état naturel. Du coup, je suis pas angoissée que ce soit permanent.

Spence reprit :

— Je pense que, le mieux, c'est que celui ou celle qui partira en premier décide lui-même de la meilleure manière de nous contacter depuis l'au-delà.

— Ce serait pas con, sauf qu'il faudrait qu'il ou elle sache où et quand on attendra son signe, souligna Kevin. Mais on verra ça plus tard.

— Pas trop tard quand même, suggéra Anya. Dans un endroit pareil, on sait jamais de quoi demain sera fait…

— Alors, on est tous d'accord ? demanda Spence. Sandra ?

— Tant que je ne m'embrouille pas avec Dieu, j'imagine que ça ne coûte rien d'essayer, répondit l'intéressée en faisant volte-face.

— Je suis chaud, confirma Kevin.

— Moi aussi, ajouta Ilonka.

— On devrait faire un pacte de sang, dit Anya. Ça renforcera notre volonté.

— J'ai rien contre. Ça donnera aussi un petit côté païen à notre serment.

Kevin ajouta :

— Et c'est pas comme si on risquait grand-chose à se refiler des maladies.

— Que quelqu'un trouve une aiguille, lança Anya. Qu'on se pique tous avec et qu'on chante des incantations à l'unisson !

Spence était en train de secouer la tête :

— Pas la peine d'en faire des caisses. Promettons-nous simplement de faire tout notre possible pour établir un contact. C'est tout ce qui importe.

Anya protesta :

— Mais on veut faire un rituel de sang, nous !

— Faites-le si vous voulez, dit Spence en se levant. Moi, je vais me pieuter.

Il se tourna vers la porte et ajouta :

— Bonne nuit, tout le monde. Faites de beaux rêves. Mourez pas dans votre sommeil.

Dès qu'il fut parti, Ilonka prit la parole :

— Il est parti si vite…

Elle ne se sentait pas fatiguée, probablement parce qu'elle avait passé la moitié de la journée à dormir. À côté d'elle, Kevin commençait à piquer du nez sur sa chaise, ses cheveux bruns ébouriffés lui tombant devant les yeux. Elle lui toucha le bras :

— Hé ho, la marmotte ! Il faut que tu ailles au lit.

Lorsqu'il releva la tête, son visage s'éclaircit.

— Pourquoi tu ne m'escorterais pas ?

Ilonka se sentit rougir.

— Je ferais mieux de ramener Anya jusqu'à son lit.

— J'ai pas besoin de toi, répliqua sa voisine de chambre. Sandra peut m'aider.

— Tant que tu ne me mords pas la main, avertit Sandra en se levant et en se plaçant derrière le fauteuil roulant.

Le cancer d'Anya s'était répandu dans son bras droit et son autre jambe, et elle n'avait pas la force de mouvoir elle-même son fauteuil. Le docteur White essayait de lui procurer un fauteuil motorisé, mais il avait dit que cela prendrait du temps – et, lorsque l'engin arriverait enfin, il serait sans doute trop tard.

Sandra et Anya quittèrent la pièce en souhaitant bonne nuit à la cantonade et Ilonka se retrouva seule avec Kevin.

— On ne fera pas de rituel de sang, j'imagine, dit-elle.

— Je crois que non, confirma Kevin. Que penses-tu de la suggestion de Spence ?

— Je pensais qu'il manigançait peut-être un genre de blague pour se payer nos têtes. Jusqu'à ce qu'il parle des signes mal interprétés. Là, je l'ai pris au sérieux. Mais je trouve l'idée intéressante.

— Ouais.

— J'ai vraiment adoré ton histoire.

— Merci, répondit Kevin, son regard perdu dans le lointain.

— Comment ça s'est passé avec Kathy ?

— Bien.

— Elle a l'air d'une chouette fille. Vous sortez ensemble depuis longtemps ?

— Deux ans, par intermittence.

— Par intermittence ?

Kevin la dévisagea.

— J'ai fait pas mal de séjours à l'hôpital.

— Bien sûr. Je n'y pensais plus.

Il secoua la tête.

— J'aurais juste dû lui parler de ma maladie dès le début. J'étais déjà au courant avant de sortir avec elle. Je pensais que j'allais me remettre. Les médecins aussi, d'ailleurs.

— Ce sera peut-être le cas.

Il sourit, mais son expression demeura triste.

— Je n'y compte pas trop.

— Tu voulais me voir, aujourd'hui. Pourquoi ?

— Il paraît que tu vas faire un scanner demain.

— Qui t'a dit ça ?

— Le docteur White. Ne lui en veux pas, il n'a fait que me confirmer la rumeur. Tu aurais dû en parler.

— J'en ai parlé à Anya. Elle a dû le dire à Spence.

— Ouais, ça a dû se passer comme ça. Bref, je me demandais : pourquoi tu vas faire ce scanner ? Si tu ne veux pas en parler, c'est pas grave. C'est pas mes oignons.

Ilonka demanda :

— Est-ce que le docteur White t'a demandé de venir me parler ?

— Non.

Elle haussa les épaules :

— C'est juste que je me sens un peu mieux. Je pense que les tumeurs régressent. Je prends un paquet de plantes et j'observe un régime très rigoureux à base de fruits et légumes.

— Je n'étais pas au courant.

— Écoute, si tu as peur que je me fasse des films, dis-le-moi franchement.

— Il n'y a que toi qui puisses dire comment tu te sens.

— C'est ce qu'a dit le docteur White.

— Alors, pas de problème. Passe ce scanner. Et, si tu guéris et que tu t'en vas, n'oublie pas de m'écrire.

Ilonka voulut lui dire qu'elle ne se voyait pas quitter l'établissement sans lui. Mais à quoi bon ? Kevin semblait toujours être à deux doigts de perdre connaissance. Elle se leva et fit quelque chose qu'elle n'avait encore jamais fait : elle le prit par le bras et l'aida à se tenir debout.

— Si tu ne vas pas au lit tout de suite, tu seras encore là pour la séance de demain, le réprimanda-t-elle.

Elle fut à nouveau frappée par sa maigreur. Il était si léger, c'était comme soulever un sac de plumes. Kevin prit appui sur elle et demanda :

— Et donc, tu n'as jamais rencontré personne qui t'ait rappelé Shradha ?

Ilonka faillit lui avouer que la Shradha de son histoire, c'était lui. Mais elle ne put s'y résoudre et, au vu des circonstances, elle se sentit stupide. Était-elle à ce point arrogante ? Jusqu'ici, jamais elle ne s'était perçue ainsi.

— Je t'ai déjà dit que non, répondit-elle.

— Pendant que je t'écoutais parler de l'Égypte, j'ai eu l'impression d'y être.

— Ah oui ? Intéressant.

Ilonka l'emmena jusqu'à sa chambre. Avant d'ouvrir la porte, Kevin lui donna une accolade et c'était agréable d'être dans ses bras. Il n'y avait rien de plus agréable au monde. Puis il lui souhaita abruptement bonne nuit et disparut à l'intérieur. Ilonka regagna sa chambre d'une démarche guillerette.

Au moment de plonger dans le sommeil, elle crut voir le visage du Maître et elle sut alors qu'elle rêverait de lui.

CHAPITRE
3

LE MATIN OÙ LE DOCTEUR WHITE emmena Ilonka Pawluk passer ses examens à l'hôpital Menlow General, il faisait froid et humide. Malgré le confort de la voiture du médecin, Ilonka trouva le trajet très déplaisant. La nuit avait été agitée et, vers quatre heures du matin, la jeune fille avait fini par prendre deux comprimés de Tylenol 3. Elle en avait repris deux autres après son petit déjeuner – une pomme et un jus d'orange. Puis le docteur White était venu la chercher. Une crampe intense lui brûlait l'abdomen. Ilonka ignorait d'où provenait une douleur aussi soudaine. Le docteur White remarqua son malaise :

— Nous y serons dans vingt minutes.

Ilonka hocha la tête.

— Je vais bien.

— Votre club s'est réuni, hier soir ?

— Oui et les histoires étaient particulièrement bonnes. Spence n'a mutilé que quelques corps et le diable d'Anya n'était pas aussi méchant qu'on s'y attendait. Kevin nous a raconté une histoire magnifique, celle d'un ange qui tombe amoureux d'une fille et renonce à son immortalité pour rester avec elle. Mais il ne l'a pas terminée. Il est censé nous raconter la suite ce soir.

— Et Sandra ? demanda le docteur White. De quoi a-t-elle parlé ?

— Sandra n'a encore raconté aucune histoire.

— De quoi parlait la tienne ?

— De personnages de l'Égypte ancienne.

Une vive douleur lui poignarda les entrailles et lui coupa le souffle un instant, puis elle reprit dans un murmure :

— C'est difficile à résumer.

— Ilonka, ça va ?

— Tout baigne, assura-t-elle avec un sourire forcé. Parlez-moi de votre fille. Jessie, c'est ça ?

— Oui. C'était bien son nom.

Ilonka se figea.

— Elle n'est… oh, non !

Le docteur White eut l'air pensif.

— J'ai peut-être commis une erreur en la mentionnant hier. Mais j'avais envie de te parler d'elle. C'est Jessie qui m'a inspiré le travail que j'effectue avec les jeunes et tu me la rappelles, bien plus que tous les autres. Depuis son plus jeune âge, je la voyais comme une enfant entêtée. Mais, à la fin, j'ai réalisé à quel point son esprit était vaillant et déterminé.

Il secoua la tête d'un air triste :

— Elle est morte d'un cancer deux semaines après son dix-huitième anniversaire.

— J'aurai dix-huit ans le mois prochain, dit Ilonka sèchement.

— Désolé. Je n'aurais pas dû…

— Je suis contente que vous m'ayez parlé d'elle, interrompit Ilonka en posant sa main sur le bras du médecin. Ce n'est rien, je vous assure. Dites-m'en plus à son sujet. Quelle musique elle écoutait ? Est-ce qu'elle avait un copain ? Pas de copain ? Tout ce que vous voulez.

Le docteur White obtempéra, timidement au début, sans finir ses phrases. Puis de manière plus ouverte. Juste avant d'arriver à l'hôpital, Ilonka avait appris qu'elle et Jessie avaient de nombreux points communs – une passion pour les livres, les Beatles, les films de science-fiction, les arbres et, évidemment, les garçons. Le docteur White lui apprit qu'avant sa mort Jessie avait un petit ami, quelqu'un qui lui avait apporté du réconfort. Pour Ilonka, entendre parler de cette jeune morte était à la fois une joie et un fardeau. Malgré les médicaments, sa douleur s'intensifia. Jamais elle n'aurait pu s'imaginer qu'un simple trajet en voiture puisse être aussi désagréable. C'était à se demander pourquoi elle s'était montrée aussi têtue.

Comparée à la tranquille petite clinique, Ilonka trouva l'ambiance de l'hôpital étouffante. Évidemment, à l'accueil, on leur apprit qu'aucun rendez-vous n'avait été enregistré au nom d'Ilonka Pawluk pour une IRM. Le docteur White partit en vitesse faire jouer ses relations, laissant Ilonka assise seule sur une chaise en plastique vert, à proximité d'une porte d'entrée automatique qui n'arrêtait pas de s'ouvrir et de se refermer. Il s'y engouffrait des bourrasques de vent acérées comme des scalpels. Une des rafales fut si violente que sa perruque faillit s'envoler, et Ilonka fut horrifiée jusqu'à ce qu'elle parvienne à la remettre en place. Une main plaquée sur la tête, elle resta assise, serrant contre elle son flacon de Tylenol auquel elle se jurait de ne pas avoir recours, tout en se demandant comment elle allait bien pouvoir tenir une heure allongée et sans bouger. Lorsqu'on appela enfin son nom, Ilonka abandonna et prit deux autres comprimés. Pour la première fois depuis bien longtemps, la jeune femme aurait aimé avoir de la morphine sur elle.

Pour cet examen, Ilonka devait rester allongée dans une longue machine en forme de cercueil. Pour voir l'intérieur du corps, l'IRM n'utilisait pas de rayons X mais des ondes sonores contrôlées par ordinateur. Ces ondes établissaient une « image » des différentes variations de densité des organes internes. Généralement, une tumeur était représentée sur l'image par une ombre, car sa masse était élevée. Allongée dans la machine, tandis qu'elle écoutait l'inquiétant bourdonnement des yeux électroniques qui lui tournaient autour, Ilonka se rappela la première fois qu'elle avait passé cet examen et le sinistre diagnostic qui en était sorti. On l'avait opérée dès le lendemain et, à son réveil, on lui avait appris qu'elle n'avait désormais plus ni ovaires ni utérus. En un claquement de doigts, Ilonka avait découvert que jamais elle n'aurait d'enfants. Elle avait fondu en larmes et avait à peine entendu les médecins lui dire qu'ils n'étaient pas certains d'avoir totalement éliminé les tumeurs.

Ilonka eut soudainement envie de voir sa mère. Elle avait raconté à tout le monde qu'elle était morte du cancer mais, en réalité, c'est l'alcool qui avait eu raison d'elle.

Ce désir viscéral ne la quitta pas tout le temps de l'examen.

Sur le chemin du retour, le docteur White demeura d'humeur silencieuse. À l'hôpital, on leur avait dit que les résultats seraient disponibles le lendemain. Sans conversation pour la garder éveillée, Ilonka piqua plusieurs fois du nez et elle s'en voulut d'avoir consommé autant d'antidouleurs. Les médicaments affaiblissaient son système immunitaire, et il fallait qu'il soit au top de son efficacité si elle comptait venir à bout des tumeurs.

Comme le docteur White avait un autre rendez-vous, il déposa Ilonka devant l'entrée de la clinique. Elle le remercia de l'avoir accompagnée et se rua à l'intérieur.

En entrant dans la salle d'attente, Ilonka tomba sur Kathy Anderson, la petite amie de Kevin. Cette dernière se leva à son arrivée. Elle portait des vêtements encore plus luxueux que la veille. Elle lui adressa un large sourire qui dévoilait ses dents éclatantes – un sourire qui déplut fortement à Ilonka. Pourtant, Kathy n'avait vraiment pas l'air dans son assiette.

— J'attends Kevin, déclara-t-elle. En fait, je poireaute depuis un moment.

— Je vais aller le chercher, répliqua aussitôt Ilonka en se dirigeant vers l'intérieur de la clinique. Puis elle s'immobilisa – quelque chose l'avait poussée à s'arrêter. Elle jeta un coup d'œil en direction de Kathy.

— Kevin est très malade, déclara-t-elle. Ce serait mieux de ne pas l'emmener dehors aujourd'hui.

Gênée, Kathy haussa les épaules :

— On n'est pas obligés de sortir.

Ilonka fit un pas vers elle.

— Écoute, Kathy… Je peux t'appeler Kathy ?

— C'est comme ça que je m'appelle.

Ilonka sourit, mais ce n'était pas un sourire amical. Avant de prendre la parole, elle se dit qu'elle faisait ça pour rendre service à Kevin. Pourtant, malgré cette excuse, Ilonka songea à Judas et à ce qu'il avait dû ressentir au moment de trahir. *N'aie aucune crainte, Jésus. Ces soldats vont juste t'arrêter et te mener à Ponce Pilate. Fais-lui un miracle ou deux et il va t'adorer, j'en suis sûr ! Ensuite, on ira tranquillement à Rome.*

Malgré tout, Ilonka se décida à prendre la parole.

Kevin lui appartenait. N'importe quel idiot pouvait s'en rendre compte.

— Kathy, sais-tu seulement à quel point Kevin est malade ?

La jeune fille blonde cligna des paupières.

— Je ne suis pas stupide. Je sais ce qu'il a.

— Je n'ai pas dit que tu étais stupide. Je dis juste que tu te voiles gravement la face. Kevin a une leucémie. De nos jours, avec les médicaments dont dispose la médecine, de nombreuses leucémies peuvent être guéries. Mais, pour une raison qu'on ignore, le traitement n'a pas marché sur Kevin. C'est pour ça qu'il est ici. On n'est pas dans un *hôpital* d'où les gens peuvent espérer sortir guéris. C'est une *clinique* où on installe confortablement les patients jusqu'à ce qu'ils meurent.

Une ombre passa sur le visage de Kathy.

— Qu'est-ce que tu essayes de me dire ?

— Je te l'ai déjà dit. Kevin ne va pas aller mieux. Tu ne partiras jamais d'ici avec lui. Il va mourir.

Kathy secoua la tête.

— Non.

— Si.

Ilonka s'avança encore, jusqu'à être à quelques centimètres d'elle.

— Il va sûrement mourir très bientôt, reprit-elle. Et, comme la fin approche, il a du mal à continuer à faire semblant avec toi. À te faire croire qu'il va aller mieux. En fait, il souffre chaque fois que tu viens le voir.

Kathy baissa la tête et se mit à sangloter.

— Je ne veux pas le faire souffrir. Je l'aime !

Ilonka posa la main sur l'épaule de la jeune fille :

— Alors laisse-le partir. Laisse-le mourir en paix, sans qu'il ait à jouer un rôle pour toi. Laisse-le-nous.

Tout à coup, Kathy releva brusquement la tête. Son attitude changea du tout au tout. Elle dégagea la main d'Ilonka de son épaule comme s'il s'agissait d'une araignée.

— Et *toi* ? demanda-t-elle avec amertume. Qu'est-ce que tu comptes faire pour lui ?

Ilonka soutint l'hostilité de son regard :

— Quand viendra l'heure, je serai à ses côtés pour qu'il ne meure pas seul. Te sens-tu vraiment capable d'affronter ça quand le moment arrivera ?

Kathy continua de la regarder avec mépris. Soudain, elle tourna les talons, quitta la clinique en courant et claqua la porte derrière elle. Ilonka fixa longuement cette porte après le départ de Kathy, se demandant ce qu'elle venait de faire et pour quelle raison.

Finalement, elle entendit une voix derrière elle. Pas besoin de se retourner : elle savait de qui il s'agissait.

— Ilonka, tu n'aurais pas vu Kathy ? demanda Kevin. Il paraît qu'elle est venue me rendre visite.

Ilonka renifla. Elle avait attrapé froid, ou bien c'était dû à autre chose. Elle regarda Kevin droit dans les yeux et fit non de la tête :

— Je ne l'ai pas vue.

Ilonka monta dans sa chambre, où elle découvrit Anya endormie sur son lit, au milieu d'un amoncellement d'oreillers et de couvertures, sa Bible ouverte posée par terre près du lit. Sur sa table de nuit se trouvait une boîte dans laquelle elle gardait tous ses effets personnels. Ilonka s'affala sur son lit, enfouit son visage dans l'oreiller et l'inonda de larmes. Elle ne se rappelait pas avoir jamais fait quelque chose d'aussi mesquin. Elle ne se souvenait pas non plus d'avoir désiré une personne à ce point. Mais elle savait que ces deux choses étaient inextricablement liées.

Au bout d'un moment, Ilonka entendit Anya prononcer son nom. Elle leva la tête et se tourna vers sa voisine de chambre, qui tendait la main vers son flacon de médicaments et son verre d'eau. Bien sûr, seules les infirmières étaient censées avoir le droit de délivrer les médicaments, mais Anya avait toujours été du genre à tricher – en particulier à ce stade du jeu.

— Qu'est-ce qui ne va pas ? demanda-t-elle. À moins que ce ne soit une question stupide ?

Ilonka se redressa et s'assit. Pas croyable. Malgré tous les antidouleurs qu'elle avait ingérés, son ventre lui faisait un mal de chien. Elle demanda :

— C'est quoi, ces pilules ?

— De la morphine. Des comprimés d'un gramme. T'en veux un ?

— J'ai jamais pris de morphine.

— L'essayer, c'est l'adopter !

— Il paraît. C'est pour ça que je n'ai jamais voulu en prendre.

Ilonka marqua une pause et balaya la sueur qui lui coulait dans les yeux. Elle avait du mal à respirer. La douleur était si intense.

— File-m'en un, dit-elle en tendant la main.

Anya lui lança un comprimé. Un verre d'eau était posé sur la table de nuit d'Ilonka et elle avala le médicament sans difficulté.

— Combien de temps avant que ça fasse effet ? demanda-t-elle.

— Pas longtemps. Tu devrais te sentir soulagée d'ici un quart d'heure.

Ilonka poussa un soupir résigné :

— J'avais pas envie de devenir accro.

— Y a pire comme façon de mourir.

— Vraiment ?

Anya leva un sourcil, gigotant dans son lit à la recherche d'une position plus confortable. Elle demanda :

— Qu'est-ce qui t'est arrivé ? Kevin t'a dit qu'il ne voyait pas l'avenir avec toi ?

— Pas loin. J'ai balancé à sa copine qu'elle faisait une erreur en s'imaginant en avoir un avec lui.

Cela éveilla l'intérêt d'Anya.

— Raconte-moi tout.

Ilonka lui raconta, ce qui ne prit pas longtemps. À y repenser, elle n'avait vraiment pas été tendre avec Kathy. Anya opina du chef :

— Tu lui as rendu service, à cette meuf. C'est mieux qu'elle voie les choses en face.

Ilonka n'en était pas si sûre.

— Je n'ai pas fait ça pour lui rendre service. Mais pour qu'elle reste loin de Kevin.

Elle se remit à pleurer :

— Je ne pouvais pas l'avoir, alors j'ai ruiné sa relation avec sa copine. Je suis tellement pathétique !

— Pour le coup, tu marques un point.

— Merci beaucoup. Tu n'es pas obligée de m'approuver.

Anya voulut répliquer mais elle se ravisa. Comme chaque fois qu'elle se sentait mal, elle se mit à masser sa jambe fantôme. Puis elle plongea la main dans la boîte qu'elle gardait sur sa table de nuit et en tira une petite sculpture en argile orange représentant un garçon et une fille qui se tenaient par la main. Elle était cassée. Curieuse coïncidence : la fille n'avait plus sa jambe droite. Anya la brandit et l'étudia, comme si elle recelait d'importants secrets.

— C'est moi qui l'ai faite, déclara-t-elle enfin.

— Je ne savais pas que tu savais sculpter.

Malgré sa petite taille, la sculpture était formidablement détaillée et semblait être l'œuvre d'une artiste talentueuse. Anya continua d'observer fixement son travail brisé.

— Je l'ai faite pour un ami à moi, précisa-t-elle.

Ilonka décela une inflexion dans la voix de la jeune femme.

— Ton copain ?

Anya déglutit avec force et Ilonka crut apercevoir un voile humide dans son regard. Or, à ce qu'on disait, Anya n'avait même pas pleuré quand on lui avait coupé la jambe.

— Oui, répondit-elle. Il s'appelait Bill. Je ne t'ai jamais parlé de lui, je crois ?

— Non.

— Bah, y a rien à en dire.

Ilonka se leva et vint s'asseoir sur le lit de sa voisine de chambre.

— Parle-m'en, Anya. Tu es mon amie, tu sais ? Enfin, c'est ce que je ressens.

Anya ricana et secoua la tête.

— T'as des goûts de chiottes en amitié, dit-elle avant de tapoter délicatement la sculpture sur le lit. Putain, l'histoire est courte. J'aurais pas pu la sortir au club, ça c'est sûr.

Elle marqua une pause.

— Tu veux vraiment que je te parle de Bill ?

— Oui, vraiment.

Anya prit une longue inspiration.

— Comme je le disais, c'était mon copain. J'avais seize ans quand je l'ai rencontré, il y a deux ans de ça. C'était au centre commercial, dans une librairie. J'ai toujours eu un faible pour les rats de bibliothèque – il y en a pas des masses. Au début, je lui ai trouvé un drôle d'air. Il avait des cheveux roux bizarres et une boucle d'oreille tellement énorme qu'on aurait dit qu'il l'avait fauchée à une tribu africaine. Il traînait au rayon criminologie. Il avait au moins trois bouquins dans les bras qui traitaient du sujet et j'ai tout de suite su que c'était un type un peu dérangé sur les bords. Moi, j'étais assise par terre, en train de lire un recueil de poésie, et je me souviens du regard qu'il m'a jeté. Il m'a souri comme s'il me connaissait et qu'on n'était pas tombés l'un sur l'autre par hasard. Il m'a abordée et m'a proposé de sortir avec lui. Évidemment, je l'ai envoyé se faire voir, mais il ne s'est pas vexé et il a tellement insisté que j'ai fini par lui filer mon numéro.

» C'est que le début. On a vite commencé à se voir régulièrement. Pour moi, c'était une première. Bien sûr, j'étais déjà sortie avec des mecs, mais pas avec quelqu'un pour qui j'éprouvais vraiment quelque chose. Bill avait ce truc… inexplicable. C'était comme pour le rituel que tu as instauré au début des séances du club, comme si on s'appartenait. Il était pas aussi barré que je l'avais initialement cru. En fait, il était bien plus sain d'esprit que moi. C'est juste qu'il était fasciné par les affaires criminelles et ce genre de trucs. D'ailleurs, malgré son look de rebelle, il voulait devenir flic. Bill avait un paquet de projets et, quand il m'en parlait, il m'incluait toujours dedans.

Anya plongea un instant dans le silence avant de poursuivre :

— Je sais vraiment pas ce que j'ai foutu. J'étais heureuse avec Bill et je ne voulais sortir avec personne d'autre que lui. Mais, au fil des mois, j'ai réalisé qu'en fait j'étais trop heureuse. Je sais que ça a l'air con dit comme ça – et ça l'est. Mais je sentais qu'il était trop gentil pour moi, comme si je le méritais pas, tu vois ? Même quand j'étais dans ses bras, totalement amoureuse de lui, j'avais la sensation qu'une partie de moi était en train de le trahir. Et, à ce moment-là, j'avais encore rien fait. Au fond de mon âme, je savais qu'à cause de moi, ça ne pourrait pas durer entre nous. Tu vois ce que je veux dire ?

— Oui, répondit Ilonka.

Anya haussa les épaules :

— Un autre mec m'a demandé de sortir avec lui. Je me rappelle plus comment on s'est rencontrés. Je me souviens même pas de son nom. Ah, si : il s'appelait Charlie. Bref, il m'a proposé un rencard et j'ai dit oui direct – c'est sorti tout seul. En vrai, j'avais pas envie de sortir avec lui. Ce gars sentait les embrouilles à plein nez. Mais encore une fois, jusqu'à ce que je rencontre Bill, j'avais toujours été du genre à chercher les ennuis. Un soir, je suis sortie avec Charlie alors que j'étais supposée voir Bill. Sauf que j'ai même pas pris la peine de l'appeler pour annuler. Je me suis foutue de lui, tu vois. Une vraie connasse.

» Mais c'est pas tout. Loin de là. Tu vois, comme mes parents étaient pas là du week-end, j'ai invité Charlie à la maison, tout en sachant pertinemment qu'on allait finir au plumard. Et puis, je savais parfaitement que Bill ne serait pas chez moi à m'attendre. Il n'avait jamais rencontré mes parents et il ne pouvait pas savoir qu'ils étaient pas là. Mes vieux n'aimaient pas Bill – pas plus qu'aucun des mecs avec qui je suis sortie. En laissant entrer Charlie chez moi, je me suis dit : *La vache, qu'est-ce qu'ils penseraient de celui-là !* Charlie était le genre de mec qui craignait tellement qu'on se désinfectait les mains après l'avoir touché. Et pourtant j'étais là, toute prête à faire n'importe quoi avec lui. Pas la peine de me demander pourquoi, Ilonka. La seule réponse que j'aurais à donner, c'est que je suis une grosse conne.

» C'est arrivé comme ça. On n'était pas dans la maison depuis cinq minutes que Charlie m'a plaquée contre le mur et m'a embrassée. J'avais l'impression d'être un mur de plâtre foré par une perceuse. En dix minutes, on s'est retrouvés à poil dans mon lit. Le plus bizarre… c'est que j'ai détesté – tout du long. J'avais envie d'être avec Bill. En plein acte, j'ai fermé les yeux et essayé de m'imaginer que c'était lui. J'ai prié Dieu pour que ce soit Bill.

Anya s'interrompit et ferma les yeux.

Ilonka parla d'une voix douce :

— Et Bill est arrivé, c'est ça ?

Anya hocha la tête, une larme ruisselant sur sa joue droite. Ilonka murmura :

— Mauvais timing.

Anya ouvrit les paupières et renifla.

— C'était calculé, dit-elle. C'est tordu, mais je sais maintenant que je l'ai cherché. Si j'avais juste voulu coucher avec Charlie, il me suffisait d'aller chez lui. Et, même si j'ai dit que c'était impossible que Bill se pointe chez moi, il restait quand même une chance que ça arrive, tu vois ? Vu que j'avais pas annulé notre rencard. C'est ça, le truc : quand les lumières se sont soudainement allumées, j'ai pas été surprise ; comme si une partie de moi avait voulu que ça se passe comme ça.

» Bill est entré et on est restés là, incrédules. Il m'a regardée fixement, complètement furax comme je m'y attendais, mais c'est pas ça qui m'a fait le plus mal. Il me regardait comme s'il ne me connaissait pas. Et ça, c'était infiniment plus douloureux. Comme je l'ai dit tout à l'heure, j'avais le sentiment qu'on se connaissait depuis un siècle, lui et moi. Un peu comme dans ton histoire de vie antérieure. Mais cette nuit-là je n'étais qu'un vermisseau à ses yeux, j'étais morte depuis des lustres.

Anya s'arrêta et souleva sa statuette :

— Quand c'est arrivé, cette sculpture était en cours de fabrication. Je n'avais plus qu'à la peindre. C'était censé être nous deux – j'allais la lui offrir la semaine d'après, pour la Saint-Valentin. Quand Bill nous a surpris, elle était posée sur une commode près de la porte. Après m'avoir longuement fixée avec colère, il l'a prise et l'a balancée par terre. Il avait juste envie de casser un truc. Mais c'est pas allé plus loin. Il ne s'en est pris à aucun de nous deux. Il n'a même pas dit un mot. Il a cassé la statuette, puis il s'est tourné et il est parti. Je ne l'ai plus jamais revu.

Anya s'arrêta à nouveau. Sur son visage, les larmes avaient cédé la place à une souffrance plus intense que celle de la maladie. Ilonka se pencha pour l'enlacer et Anya enfouit son visage contre sa poitrine. Elles demeurèrent ainsi pendant une minute. Puis Anya murmura quelque chose qu'Ilonka lui demanda de répéter, car elle n'avait pas saisi. Anya se recula :

— J'ai dit : la seule chose qu'il ait cassée, c'est ma jambe droite.

— Tu parles de la statuette ? D'accord, mais ça ne veut rien dire. Anya... Tu ne penses quand même pas que tu as un cancer à cause de ce qui s'est passé cette nuit-là ?

— Je suis tombée malade un an après, ça a commencé par la jambe droite. J'étais malade et on m'a amputée.

— Mais ce n'est qu'une coïncidence. Tu sais comment marche cette maladie. Tu avais probablement un cancer depuis des années sans le savoir.

— Peut-être.

— Il n'y a pas de « peut-être » qui tienne. Écoute : tu culpabilises à cause d'un truc que tu as fait. Oui, c'était pas bien et tu te sens mal. Mais ce n'est pas ce qui t'a rendue malade.

Anya toucha la jambe cassée de la figurine.

— Il y a la douleur physique, et puis il y a le mal à l'âme, déclara-t-elle avant de hausser les épaules. Peu importe. Comme je l'ai dit hier soir, si ça se trouve, on n'en a même pas.

— Tu as dit que tu n'avais plus revu Bill. Est-ce qu'il sait que tu es ici ?

— Non. J'ai songé à lui écrire, mais je vois pas l'intérêt.

— Que voulais-tu lui dire ?

La lèvre d'Anya se mit à trembler.

— Que j'étais désolée.

— Tu devrais lui écrire. Ou l'appeler.

Anya reposa la statuette dans la boîte.

— C'est trop tard.

Anya n'avait plus envie d'en parler. Ilonka retourna dans son lit et se glissa sous les couvertures. La morphine gagnait du terrain et elle était trop fatiguée pour la fuir. Elle plongea bien vite dans le sommeil. Et bien vite elle ne fut éveillée que dans ses rêves.

C'était une autre époque. Un autre monde, peut-être ? Mais qu'est-ce que le temps et l'espace quand tout n'est qu'un ? C'étaient les mots du Maître. Qu'est-ce que la réalité ? Qui es-tu ? Tout ce que tu vois, tout ce que tes sens perçoivent, on appelle ça le maya *– l'illusion. Tu es au-delà de ça. Tu es un être suprême.*

Elle allait voir le Maître à présent et elle tâchait de se souvenir de tout ce qu'il lui avait enseigné. Mais ses mots étaient comme un poème murmuré à l'oreille : enivrants, doux, discrets, parfois difficiles à comprendre – en tout cas avec l'esprit. Le Maître disait qu'il ne s'adressait pas à l'esprit, seulement au cœur. Il était fâcheux que son cœur à elle soit empli de tristesse – et qu'elle ne puisse pas en faire abstraction. Ah, il la comprenait fort bien. Il comprenait tout, et pourtant il l'aimait quand même.

Elle trouva le Maître assis près d'une rivière qui coulait doucement. Ses cheveux et sa barbe étaient longs et sombres, et il avait de grands yeux brillants. Il sourit en la voyant approcher. Le simple fait de le revoir, qu'il se souvienne d'elle, lui ôta un poids des épaules. Elle ne l'avait pas vu depuis deux ans, époque où elle avait perdu tout ce qu'elle aimait. Il lui proposa de s'asseoir à ses côtés.

Il émanait de lui une douce aura de paix. Il aurait pu être emporté par le vent, tel un pétale de fleur porté par la brise. Pourtant, elle sentait que sous cette tranquillité apparente reposait le pouvoir qui régissait l'univers tout entier. Au début, il garda le silence et se contenta de la regarder. Elle réalisa qu'elle avait les yeux humides.

— Tu viens de loin ? demanda-t-il enfin.

Elle acquiesça.

— Oui, Maître.

Il joua avec une rose qu'il tenait entre ses mains.

— Ton mari n'est pas avec toi.

— Non.

— Ah, dit-il. C'est donc cela. Il est parti et tu te sens perdue.

De nouvelles larmes jaillirent de ses yeux.

— Je suis perdue. Il m'a quittée et il ne reviendra pas. Je ne sais pas quoi faire. Je n'arrive pas à ne pas penser à lui.

Le Maître confirma :

— Tu n'arrives pas à ne pas penser à lui. Ce à quoi tu résistes persiste dans ton esprit. Il en va toujours ainsi. Donc, tu penses à lui. Observe. Émerveille-t'en. Même les illuminés peuvent ressentir des émotions. Mais, là où ils ne font que s'en émerveiller, toi tu réagis.

Le Maître rit et lui tapota délicatement la rose sur le haut du crâne.

— C'est merveilleux que tu sois ici.

Malgré ses pleurs, elle se mit à rire. Elle demanda :

— Me reviendra-t-il un jour ?

Le Maître haussa les épaules.

— Je l'ignore. S'il revient, alors il revient. Et s'il ne revient pas… alors ce sera tout aussi inéluctable. Mais tu n'as pas besoin de son amour.

— Mais si ! Son amour signifiait plus pour moi que n'importe quoi au monde !

Le Maître secoua la tête.

— Non, tu n'as pas besoin de son amour. Tu es l'amour.

Elle hocha la tête.

— Oui, sur le plan intellectuel, je comprends ce que vous dites. C'est juste que ça ne m'aide pas beaucoup.

Elle toucha l'ourlet de sa toge et ajouta :

— Ramenez-le-moi, je vous en prie.

— Ah, fit-il d'un air pensif. Et si je te le ramenais, que ferais-tu ? L'aimerais-tu davantage ? Ou ne l'aimerais-tu que pour ce qu'il peut t'apporter ? Te donner ?

— Je l'aimerais sans réserve.

Elle avait répondu cela car le Maître insistait toujours sur le fait qu'ils étaient nés pour apprendre à aimer sans réserve. Mais cette réponse le fit rire.

— Tu peux l'aimer sans réserve maintenant. Pas besoin de le voir pour ça. La seule raison pour laquelle tu tiens à le voir, c'est pour obtenir quelque chose de lui.

Il secoua la tête :

— Je t'ai vue vivre cela plus souvent que tu ne peux t'en souvenir. Quand tu es avec lui, les choses s'enveniment toujours. Tu t'attaches tellement à lui que tu t'empêtres. Est-ce si surprenant que l'univers te le reprenne chaque fois ? Non,

tu n'as pas besoin de lui. Tu m'as moi, tu as Dieu. Notre amour est bien suffisant.

Elle avait espéré qu'il réglerait tout par magie, ce Maître qu'elle avait vu ramener les morts à la vie d'un simple geste de la main... Il ne l'aiderait pas et elle ne comprenait pas pourquoi. Mais, une fois encore, il lut en elle :

— Toute cette douleur t'est bénéfique, je le vois. Elle te ramène vers ton moi intérieur. Tu n'as pas besoin d'être à ce point dépendante de tes émotions. Ferme les yeux et ne bouge plus. Apprends à apprécier ta propre compagnie.

À nouveau, il tapota la rose sur son crâne.

— Va, maintenant. Repose-toi.

Elle fut choquée d'être ainsi congédiée.

— Mais je souffre tellement !

— Les émotions vont et viennent – ta souffrance ne durera qu'un temps. Je ne sais pas pourquoi tu accordes autant d'importance à tes émotions.

Elle se leva à contrecœur.

— Le reverrai-je ?

Le Maître ferma brièvement les yeux :

— Oui.

— Dans cette vie-ci ?

Mais cette question demeura sans réponse.

CHAPITRE
4

L'HEURE ÉTAIT VENUE pour une nouvelle séance du Midnight Club.

Spence avait apporté deux bouteilles de vin et six verres qu'il fit passer autour de la table. Ils venaient tout juste de finir le rituel du *Je t'appartiens.*

— Il faut qu'on trinque, lança-t-il.

— En quel honneur ? demanda Ilonka.

— Aujourd'hui, c'est le dernier jour du reste de nos vies ! répondit-il avant de rire discrètement de son propre cliché.

Ce soir commence une nuit sans fin.

Ilonka regarda autour d'elle, se demandant ce qui avait pu lui souffler cette pensée. C'était ridicule : ses pensées provenaient de son propre esprit. Elle la chassa aussitôt. Mais cette phrase pouvait tout à fait provenir d'ailleurs… C'était si étrange ! Elle scruta les visages des autres et son regard s'arrêta sur Anya, épuisée et souffrante dans son fauteuil roulant. Après que sa voisine de chambre lui eut raconté l'histoire de Bill, Ilonka s'était endormie pendant deux heures et, à son réveil, elle avait essayé de convaincre Anya de se confier davantage, mais en vain. Elle envisageait sérieusement de retrouver Bill et de les mettre en contact. Anya pourrait protester tout ce qu'elle voulait, Ilonka s'en fichait royalement.

— Tu l'as dit, déclara-t-elle, abondant dans le sens de Spence.

Ilonka n'avait encore jamais bu de vin et elle avait hâte de tenter l'expérience. La jeune femme souffrait beaucoup moins et elle avait très bon espoir que les résultats de l'IRM montrent des tumeurs en train de régresser. Ce qui ne signifiait pas pour autant qu'elle était tirée d'affaire – elle n'était pas bête à ce point – mais cela prouverait qu'elle avait *une chance* de se remettre. Et c'était tout ce qu'elle désirait : une seconde chance.

La jeune fille se rappelait vaguement avoir rêvé du Maître et cela lui remontait aussi le moral. Pourtant – et c'était très étrange –, elle se souvenait d'avoir été en désaccord avec lui. Or, elle ne s'imaginait pas se disputer avec un être pareil.

— Où est-ce que tu as dégotté ce pinard ? demanda Kevin.

Pour tout un tas de raisons, il fut difficile pour Ilonka de regarder dans sa direction. Elle se sentait coupable de son altercation avec Kathy et elle craignait que la jeune femme ait appelé Kevin pour lui rapporter toutes les choses cruelles et méchantes que l'horrible Ilonka Pawluk lui avait dites. De plus, Kevin avait une mine affreuse. Son visage était si émacié qu'on aurait cru voir l'ange guindé de son histoire. Spence avait même dû le soutenir pour qu'il puisse rejoindre la salle d'étude.

Et puis il y avait Sandra qui, comme à son habitude, n'avait pas l'air trop mal.

— Je me suis fait livrer par la poste, répondit Spence une fois tous les verres distribués. Je n'ai même pas eu besoin de présenter ma fausse carte d'identité, mais ç'aurait été avec plaisir. Quel merveilleux monde que le nôtre où on peut se payer de quoi s'avilir par correspondance !

Il s'empara d'une des deux bouteilles et reprit :

— Je propose qu'on achève celle-ci avant de commencer !

— Juste une gorgée pour moi, précisa Sandra.

— Tu vas prendre ton médicament comme une grande fille et sans faire de chichis, répliqua Spence. Tu dois boire tout un verre ! Qui sait ? Peut-être que ça te déliera la langue et qu'on va enfin avoir droit à une histoire de ta part !

À la manière d'un serveur de restaurant, Spence fit le tour de la table et fit le service. Quand vint le tour d'Ilonka, il fronça les sourcils.

— Désolé, ma petite princesse polak, dit-il en soulevant le verre en cristal, sans aucun doute fauché dans l'un des nombreux placards du manoir. Le tien est un peu poussiéreux. Par chance, j'ai été assez prévoyant pour en prendre en rab !

Spence partit lui chercher un verre de rechange et le lui remplit généreusement. À la lueur des bougies, le liquide rouge foncé ressemblait à du sang. Un instant plus tard, tout le monde s'était assis et Spence leva son verre, imité par les autres.

— Au Midnight Club ! Puissent les merveilles de notre génie créatif pousser de nombreuses personnes à arpenter le chemin sombre et périlleux, quoique toujours érotique, des conteurs nocturnes. À la vôtre !

— À la nôtre ! répétèrent les autres.

La grande table en bois était trop grande pour qu'ils puissent trinquer, mais Ilonka parvint à faire *tchin-tchin* avec Kevin. Tout comme les autres, il lui adressa un sourire et elle ne vit aucune animosité dans son regard.

Toutefois, le vin fut pour elle une expérience décevante. Elle s'était imaginé que la boisson aurait un goût de jus de raisin amélioré par un soupçon de nectar. Mais elle trouva cela plutôt amer et se demanda si c'était à cause de l'alcool. En revanche, ses camarades – probablement tous des buveurs plus expérimentés – semblaient se délecter de cette boisson. D'ailleurs, *Sandra* réclama un autre verre à Spence, qui fut plus que ravi d'obtempérer. Une bouteille de moins ! Encore une à descendre.

Enfin, ils furent prêts à raconter leurs histoires.

Spence insista pour qu'Anya ouvre la séance, car il voulait passer juste derrière elle pour l'enfoncer avec sa propre histoire – *géniale,* assurait-il. Mais la jeune fille n'avait pas d'histoire à raconter.

Ilonka l'encouragea :

— Allez, le diable a bien rendu visite à quelqu'un depuis hier soir !

Mal à l'aise, Anya se déplaça dans son fauteuil en se frottant les doigts, comme si elle souffrait d'arthrite. Son visage était tellement marqué par la douleur qu'on aurait dit une vieille femme ridée.

— Le diable a toujours un temps d'avance sur moi, répliqua-t-elle. Je n'ai aucune idée de ce qu'il a fait entre hier et aujourd'hui. Je n'ai pas d'histoire à raconter.

Puis elle fusilla Ilonka du regard et ajouta :

— J'ai dit ce que j'avais à dire.

Ilonka comprit qu'elle faisait référence à leur discussion de l'après-midi : Anya avait effectivement déjà raconté son histoire.

Kevin prit la parole :

— Avoue, tu nous mitonnes une histoire de dingue qui va tous nous mettre sur le cul !

Anya sourit faiblement.

— Ouais.

Spence demanda :

— Sandra, le vin t'a délié la langue ?

Sandra venait de finir son deuxième verre, et il y avait une lueur dans son regard, comme si elle était... Oui, elle était bel et bien pompette. Après deux verres de vin seulement. Un sourire de folle éclairait son visage et ça changeait agréablement de l'air sage que lui donnait sa coupe au carré.

— J'ai envie de parler du premier garçon avec qui j'ai couché, dit-elle soudain d'une voix rendue pâteuse par l'alcool.

Spence hulula et les autres ricanèrent. Sandra agita son verre vide :

— Ressers-moi un petit coup, Spence.

En un instant, Spence ouvrit la seconde bouteille et, ainsi revigorée, Sandra fut parée pour rejoindre le club. Son sourire lui dévorait le visage.

— Il s'appelait Dan, commença-t-elle. Je l'ai rencontré dans un parc à Portland. Je nourrissais les canards et il promenait son chien. Son chien n'aimait pas les canards, il a même essayé d'en attraper un ou deux. En fait, il a finalement réussi à en choper un et à lui arracher quelques plumes. Bref, j'ai donc rencontré Dan, puis on a discuté et on a baisé dans les bois. C'était ma première fois et c'était génial.

Sandra éclata de rire :

— Voilà, c'était mon histoire !

Ils regardèrent tous Sandra avec étonnement, elle qui était toujours si coincée. Ce fut finalement Ilonka qui rompit le silence :

— C'est tout ? Tu as couché avec lui après seulement quelques minutes de discussion ?

Sandra prit un air indigné :

— On a discuté pendant deux heures, précisa-t-elle avant d'éclater à nouveau de rire. On a parlé de sexe !

— Minute, papillon ! intervint Spence. Qu'est-ce que ce Dan avait de si spécial pour que tu t'assoies d'un coup sur ton éducation conservatrice et que tu lui sautes dessus ?

Sandra parut confuse.

— Je ne sais pas. Il n'était pas spécialement charmant. C'était sûrement à cause du vin qu'on avait bu…

Spence s'éclaircit la voix.

— J'en ai assez entendu, dit-il avant de lancer un regard circulaire autour de la table. Je suppose que c'est à moi de commencer ? Sauf si quelqu'un veut se lancer ? Non ? D'accord, mais avant je tenais à signaler que j'ai reçu une nouvelle lettre de Caroline aujourd'hui et il est possible qu'elle vienne me rendre visite dans deux semaines. Du coup, j'aurai bien besoin d'articles de pharmacie, le genre de trucs que les infirmières du coin ne nous distribuent pas, si vous voyez ce que je veux dire.

— T'auras pas besoin de capotes, lança Anya. T'es tellement malade que tu dois être stérile, limite impuissant.

— Je peux t'assurer qu'une tumeur dans le citron n'a en rien affecté les performances de mon poireau. Ilonka ? Il paraît que tu sors demain. Tu veux bien passer m'en acheter à l'épicerie du coin ?

— Ma sortie était aujourd'hui.

Ilonka fut surprise que Spence ne s'en soit pas souvenu. Lui qui avait si bonne mémoire.

— Ah oui, c'est vrai. Tant pis, dit-il, renonçant bien vite à son projet. Passons à mon histoire. Elle s'intitule « Sidney fout le feu au lycée ».

— Doit-on en déduire que ce Sidney est un proche de l'Eddie de la nuit dernière ? demanda Ilonka.

— Un cousin éloigné. Au moment où a commencé cette histoire, Sid était encore au lycée. Il était en terminale, mais il n'était encore jamais sorti avec une fille. C'était un introverti mais aussi un expert en prestidigitation, et il lui arrivait de faire des petits spectacles pour ses amis. Il y avait cette fille qu'il kiffait : Mary. Un jour, à l'heure du déjeuner, il exécuta quelques tours devant elle et Mary lui dit qu'elle le trouvait fabuleux. Ses mots donnèrent du courage à Sid, qui lui demanda si elle voulait sortir avec lui. Mary accepta. Pendant leur rencard, il lui montra d'autres tours et elle parvint à le convaincre d'organiser un spectacle de magie pour le lycée. Sid avait des doutes, mais l'enthousiasme de Mary acheva de le convaincre. Elle lui promit que ce projet pourrait lui rapporter un peu d'argent et aussi faire de lui l'un des types les plus populaires du bahut. Sid avait toujours voulu être populaire.

» Autrefois, Mary faisait partie des filles populaires du lycée, mais c'était du passé. Un an auparavant, elle était dans l'équipe des pom-pom girls et tous les mecs étaient à ses pieds. Mais un soir, pendant une fête de fin d'année, elle avait un peu trop picolé. En rentrant chez elle au volant du semi-remorque de son père, Mary avait embouti une bagnole. En face, il y avait six gars de l'équipe de foot – dont le quarterback. Tous explosés.

— Attends, l'interrompit Ilonka. Son père lui a prêté un semi-remorque pour se rendre à une fête ?

— Tout à fait. Il savait que sa fille avait tendance à picoler et il s'est dit qu'en cas d'accident l'épaisseur du semi la protégerait. Et elle s'en est tirée sans la moindre égratignure ! Par contre, elle avait démoli la moitié de l'équipe de foot. Évidemment, l'année suivante, les résultats de l'équipe furent catastrophiques et tout le monde rejeta la faute sur Mary. Elle fut même virée de l'équipe des pom-pom girls. Donc, au moment où Sid et elles ont commencé à se fréquenter, Mary l'avait encore mauvaise.

» Bien sûr, Sid connaissait l'histoire, mais il ignorait qu'elle détestait tous les élèves du bahut. Il suivit donc son plan et organisa un spectacle de magie. Mary serait son assistante. Vous connaissez tous ce tour classique de magicien où on met une fille dans une boîte pour la scier en deux ? Sid avait besoin d'une fille pour donner un peu de piment à ce numéro, et Mary accepta de l'aider tous les jours après les cours. Vous imaginez le bien que cela fit à l'ego de Sid ! Quand le grand jour arriva, il se sentait invincible.

» Mais le spectacle fut un désastre. Le premier tour consistait à faire léviter Mary dans les airs à trois mètres au-dessus du sol. Sauf qu'elle avait saboté le numéro à l'insu de Sid : Mary voulait qu'il échoue.

— Mais pourquoi ? l'interrompit Anya.

— Écoute. Mary était à un ou deux mètres du sol quand, tout à coup, elle retomba sur le matelas en mousse qui était là pour amortir sa chute. Mais, en dépit de quelques moqueries dans la foule, il restait des numéros à effectuer. La suite du spectacle se déroula sans accroc, mais aucun des numéros n'impliquait la présence de Mary. Alors qu'il avait de nouveau le public dans la poche, Sid passa au tour qui consistait à téléporter Mary d'une boîte verticale à une autre. Et, bien sûr, Mary ne fut pas téléportée – elle resta dans sa boîte sans bouger. Cette fois, le public s'esclaffa. Sid perdit toute confiance en lui. Il exécuta les deux tours suivants tout seul, mais il était tellement secoué qu'il les foira. Lorsque Mary revint sur scène pour l'assister, le public hua et cria des méchancetés dès qu'il faisait un geste. Mais Sid savait que tout s'arrangerait s'il parvenait à exécuter son dernier tour : réduire Mary en cendres, la reconstituer et la faire réapparaître au premier rang des gradins du gymnase.

» Tout était fin prêt. Sid alluma le feu sous la marmite dans laquelle se trouvait Mary. Quand il posa le couvercle dessus, le public eut un hoquet de surprise, curieux de savoir comment Mary pouvait tenir le coup dans une marmite bouillante. Quelques minutes plus tard, il eut un nouveau hoquet de surprise lorsque Sid retira le couvercle, ne révélant qu'un petit tas de cendres. Mais, lorsqu'il claqua des doigts pour faire réapparaître son assistante, rien ne se produisit. De nouveau à son insu, Mary en avait profité pour se faire la malle. Naturellement, toute l'école hua Sid et se moqua de lui. Certains lui jetèrent même des boulettes de papier. Déshonoré, il quitta le gymnase.

» Étonnamment, Sid ne crut pas que Mary l'avait trahi, d'autant qu'elle avait des excuses pour se justifier : le matériel avait lâché, elle s'était retrouvée coincée, etc. Quand il était question d'une jolie fille, Sid devenait bien naïf. En revanche, il était sûr d'une chose : il voulait se venger des élèves de l'école qui s'étaient moqués de lui. Mary ne l'encouragea pas dans cette voie mais, par des moyens détournés et des mots subtilement choisis, elle lui laissa entendre que les élèves méritaient de subir son juste courroux. Sid commença à réfléchir. Quelle serait la pire chose qu'il puisse leur faire subir ? C'est alors qu'il eut une idée. Une idée horrible, brillante, le genre de plan ne pouvant naître que d'un esprit tel que le sien. Vous voyez, à la seconde où Mary s'était mise à discuter avec Sid, elle avait compris qu'il était le genre de gars capable d'en faire voir de belles à toute l'école. Depuis le début, elle avait mené Sid en bateau pour qu'il en vienne à cette décision et il ne s'était douté de rien.

— Si elle était si futée, pourquoi elle n'a pas organisé elle-même sa vengeance ? interrogea Anya.

— Les plus futés utilisent toujours les autres pour faire le sale boulot, répondit Spence d'une voix doucereuse. Regarde les escrocs qu'on se paye à la Maison-Blanche ! Bref, Sid décida d'incendier le gymnase au moment du match de basket-ball, quand tout le monde serait à l'intérieur. Comme c'était un magicien, aucune serrure ne lui résistait. Le soir du grand match, il s'introduisit dans une raffinerie de pétrole et vola un camion citerne au réservoir plein à craquer d'essence. Il arriva au gymnase vers la fin du dernier quart-temps et gara le véhicule près d'une porte de service. Puis il fit discrètement le tour du gymnase et barricada les portes d'entrée avec des chaînes. Oh, ai-je précisé qu'il s'agissait d'un de ces gymnases à l'ancienne, avec une seule rangée de fenêtres à barreaux à dix mètres au-dessus du sol ? Hors de portée. Vous voyez le genre. La moitié des gymnases de ce pays doivent encore être foutus comme ça. Sid y enferma tout ce petit monde.

» La partie drôle pouvait commencer. À l'aide d'une perceuse, Sid fora un trou d'une quinzaine de centimètres dans la porte métallique du fond. Il y avait un tel raffut à l'intérieur du gymnase que personne ne l'entendit. Mais le brouhaha se réduisit à un murmure au moment où Sid inséra le tuyau du camion et commença à pomper un torrent d'essence qui inonda le parquet du gymnase. On peut le dire : la partie se solda par un arrêt brutal.

» Puis les cris commencèrent. Impossible de ne pas reconnaître l'odeur de l'essence et, à l'intérieur, chacun se disait probablement que, s'il y avait là-dehors un cinglé suffisamment psychotique pour en arroser le gymnase, alors il était tout aussi capable d'y mettre le feu. Tout le monde se rua vers les portes. Comme elles étaient fermées, les cris redoublèrent. Les élèves se piétinèrent, s'étouffant eux-mêmes sous une montagne de chair humaine. En observant la scène par le trou qu'il avait foré, Sid eut soudain des regrets. Ce n'était pas un mauvais bougre. On l'avait simplement trop humilié et il s'était laissé emporter. Mais, en voyant tous ces gens en train de se blesser les uns les autres, il voulut mettre un terme à sa vengeance. Sid retira le tuyau du trou avant que le réservoir du camion ne se soit complètement vidé. Alors qu'il réfléchissait à une manière de débloquer les portes et de faire sortir les autres sans se faire repérer, quelqu'un le frappa sur l'arrière du crâne avec un objet lourd et contondant. Sid s'écroula dans un brouillard de douleur et de petites étoiles. À travers le sang qui coulait devant ses yeux, il vit une silhouette remettre le tuyau dans le trou et recommencer à pomper l'essence. Il tenta de s'asseoir. La silhouette se tourna vers lui et rigola : c'était Mary.

» – Je savais que tu trouverais un plan génial, dit-elle. Mais j'étais certaine que tu te dégonflerais à la dernière minute.

» – Mary, marmonna Sid. Mais pourquoi ?

» – Ils l'ont bien cherché.

» Sid essaya de se redresser pour l'arrêter, mais la tête lui tournait et il s'écroula à nouveau. Impuissant, il regarda Mary vider ce qui restait d'essence et balancer le tuyau sur le côté. Elle tira un briquet d'une de ses poches et un journal roulé de l'autre. Sid la supplia :

» – Arrête !

» – Ne t'en fais pas. Je ne dirai rien à la police pour le camion.

» Elle embrasa le journal avec son briquet et l'agita sous le nez de Sid.

» – Et j'imagine que tu ne me balanceras pas non plus, ajouta-t-elle.

» – Tu rigoles ? Je vais tout balancer !

» Mary s'agenouilla près de lui, maintenant le journal enflammé tout près du visage de Sid.

» – J'espère que tu bluffes. Autrement, il va falloir que je te tue sur-le-champ.

» Elle se pencha en avant et l'embrassa sur le front.

» – Je t'aime bien, Sid. Même si tu es un gros naze.

» – Je ne suis pas un gros naze, répliqua-t-il avec colère, reprenant petit à petit ses esprits.

» Mary se mit à rire :

» – Mais si, tu en es un ! Mais un naze sexy. J'en avais encore jamais eu un comme toi !

» Elle rapprocha sa torche, lui grillant presque les cheveux :

» – Alors, chéri, qu'est-ce que tu choisis ?

» – Si tu continues à m'assister pour mon spectacle de magie, alors je ne te balancerai pas.

» – Marché conclu.

» Mary se redressa et fourra le journal enflammé à travers le trou. Tout à coup, les cris redoublèrent à l'intérieur, si fort que les murs se mirent à trembler.

» – Un millier de fondus de basket, s'émerveilla Mary à haute voix.

» Elle aida Sid à se mettre debout, l'entraîna loin du gymnase et retourna à sa voiture, tandis qu'à l'intérieur du gymnase les plaintes pathétiques commençaient lentement à s'estomper et que le bâtiment commençait à s'effondrer. Au loin, Sid et Mary entendirent s'approcher les sirènes des pompiers. Mais, le temps que ceux-ci arrivent sur les lieux, ils s'étaient tous les deux éclipsés depuis longtemps.

Spence s'interrompit et but une gorgée de vin.

Ilonka demanda :

— C'est tout ? Ils s'en sont tirés ?

— Pas exactement. Un an plus tard, Sid se produisit en spectacle dans un club situé de l'autre côté de la ville. Après avoir quitté le lycée, il avait régulièrement répété ses numéros avec Mary. Ils s'entendaient plutôt bien, en tout cas au plumard – Mary était une vraie nympho, même après avoir baisé six fois en une journée. Mais son besoin compulsif de tout contrôler tapait sur le système de Sid. Elle le provoquait sans arrêt, menaçant d'aller le balancer à la police et prétextant que personne ne croirait qu'une adorable ex-pom-pom girl pouvait avoir immolé tous les étudiants d'un lycée. Elle n'envisageait pas que Sid puisse avoir plus d'un tour dans son sac. Ce soir-là au club, il demanda à Mary de s'allonger dans une de ces grandes boîtes dont les magiciens se servent pour scier leurs assistantes en deux. Sauf que, cette fois-ci, Sid avait piégé la boîte de telle sorte que Mary se retrouve immobilisée à l'intérieur. Quand la lame trancha son corps, elle commença à pousser des hurlements – naturellement, le public crut que cela faisait partie du spectacle. Même quand le sang se mit à couler sur la scène, les spectateurs continuèrent à le croire. Sid sépara alors les deux parties de la boîte, exposant les deux moitiés sanguinolentes de Mary qui, désormais, ne crierait plus jamais.

— Et Sid s'en est tiré ? interrogea Ilonka.

— Évidemment. Il lui a suffi de dire à la police qu'il avait fait ce tour des dizaines de fois et qu'il ne comprenait pas ce qui avait pu mal tourner. Par la suite, Sid devint prestidigitateur à Las Vegas, où il présenta un grand spectacle de magie en tête d'affiche. Il me semble qu'il le joue encore aujourd'hui.

Spence marqua une pause et sourit :

— C'était mon histoire pour cette nuit !

— Sans mauvais jeu de mots, c'était plutôt chaud, déclara Ilonka.

Kevin enchaîna :

— J'ai bien aimé la scène du gymnase, avec tous les élèves prisonniers et l'essence qui coule à l'intérieur. C'est une image très puissante, comme dans ton histoire sur la tour Eiffel. Tu es un scénariste-né, Spence.

— Merci, répondit ce dernier d'un air ravi.

Kevin était clairement le plus intelligent du groupe et Ilonka savait que son avis comptait bien plus pour Spence que celui des autres.

— Alors, tous ces gens dans le gymnase sont morts ? demanda Sandra. C'est immonde !

— *Immonde,* c'est mon second prénom, déclara Spence avec fierté avant de décocher un regard à Anya. Un commentaire ?

En retrait, Anya avait l'air de souffrir.

— Non, répondit-elle.

Spence parut perturbé.

— Dis-moi au moins si tu as aimé ou pas.

— Désolée, j'ai perdu le fil, je t'écoutais plus.

C'était probablement la chose la plus insultante qu'elle aurait pu répondre à Spence. Il n'y avait qu'une seule et unique règle au sein du Midnight Club : écouter attentivement le conteur. Cependant, Spence paraissait plus nerveux qu'outré. Mais il n'insista pas.

Étant donné que Kevin voulait passer en dernier, Ilonka fut la suivante. Dès le début, elle leur précisa qu'il s'agissait d'une autre de ses vies antérieures.

— Mon histoire se déroule dans l'Inde ancienne, commença-t-elle. Je ne connais pas l'époque exacte, mais cela remonte à bien avant nos écrits historiques. À cette époque, mon nom était Padma, ce qui signifie « lotus ». Mon histoire débute bien avant ma naissance, avec ma mère. Elle s'appelait Parvati, l'un des nombreux noms de la Grande Déesse. Lorsqu'elle avait environ seize ans, ma mère rencontra un homme du nom de Vishnou dont elle tomba éperdument amoureuse, et ce fut réciproque. Malheureusement, les deux jeunes amants n'étaient pas issus de la même caste. Parvati était brahmane, la plus noble, celle réservée aux prêtres ; quant à Vishnou, il était shudra, la caste des travailleurs. À l'époque, il était interdit à deux membres de castes différentes de se marier ensemble. Des règles aussi strictes semblent difficiles à imaginer mais encore aujourd'hui, dans certaines régions de l'Inde, il est impossible de concevoir un mariage en dehors de sa propre caste. L'union entre brahmane et shudra était tout particulièrement interdite – c'était comme unir l'élite à la lie de l'humanité.

» Parvati et Vishnou savaient qu'ils étaient faits l'un pour l'autre, mais ils avaient peur de fuir et de repartir de zéro. De plus, ils ne voulaient pas faire de peine à leurs familles. Ils jugèrent finalement préférable de ne plus se voir. Vishnou quitta la région et on organisa pour Parvati un mariage avec un époux convenable. En ce temps-là, les mariages arrangés étaient courants.

» La nuit précédant la cérémonie, Parvati fut plongée dans une profonde détresse. Elle avait rencontré son futur époux et, bien qu'il fût un homme décent, elle savait que jamais elle n'éprouverait pour lui un dixième des sentiments qu'elle avait pour Vishnou. Avant d'aller se coucher, elle s'agenouilla et pria le grand dieu Shiva pour qu'il l'arrache à ce monde de misère. Sa santé était fragile et elle savait qu'il suffirait de peu pour qu'elle finisse au bord du gouffre. Elle pria longuement, jusqu'à ce qu'elle entende du bruit par la fenêtre. Dans la cour intérieure de la propriété familiale, une meute de quatre chiens s'abreuvaient en cercle autour d'une fontaine. Parvati se demanda comment ils avaient pu arriver là – la nuit, la cour restait toujours fermée. Elle se rua à l'extérieur afin de voir si un portail avait été laissé ouvert et c'est là qu'elle vit le Siddha assis au bord de l'eau avec les chiens qui lui léchaient les mains. « Siddha » est un terme sanskrit désignant un être parfait, une personne sainte ou un yogi illuminé. Parvati comprit aussitôt qu'elle était en présence d'un personnage important, car il émanait de lui une aura merveilleuse d'amour et de pouvoir. D'un geste, le Siddha intima calmement aux chiens de s'asseoir et il invita Parvati à s'approcher. Elle se demanda si elle était en présence de Shiva en personne, car il était bien connu que le dieu aimait se promener sur terre en compagnie de chiens. Les mains jointes en prière, Parvati s'agenouilla aux pieds du Siddha. Ce dernier tira des replis de sa tunique un joyau jaune qu'il lui tendit avant de s'exprimer d'une voix calme :

» – Ce joyau est le symbole de ton amour pour une personne que tu crois avoir perdue. Il représente aussi l'amour qu'il te porte. Tant que cet amour vivra, tu feras partie de ce monde.

» – Mais je refuse de vivre sans son amour !

» – Il fait partie de toi, et tu es l'amour. Souviens-toi de mes mots.

» Puis il se leva et sortit de la cour avec ses chiens. Cette nuit-là, Parvati fabriqua un fermoir spécial pour le joyau et le porta sous son sari, tout contre son cœur. Le lendemain, elle fut mariée à mon père, un homme nommé Raja. Il ignorait tout de Vishnou et de la visite du Siddha, du moins au début.

» Le temps passa. Je naquis et devins une jeune femme. À seize ans, le même âge que ma mère quand elle avait rencontré Vishnou, je fis la connaissance d'un homme du nom de Dharma et j'en tombai immédiatement amoureuse. À mes yeux, Dharma représentait tout : la lumière du soleil et de la lune, le vent dans les arbres… Je l'aimais à tel point que j'avais l'impression d'être amoureuse de Dieu. Voilà le genre de dévotion que je lui portais. Malheureusement, Dharma était lui aussi shudra et je n'avais pas le droit d'épouser un homme de rang inférieur. Mais je n'étais pas comme ma mère. J'informai mes parents que j'allais l'épouser, que rien ne pourrait m'en empêcher et que, si quelqu'un s'interposait, je préférerais encore mourir. Naturellement, mon père fut outré et consterné. Dans l'Inde ancienne, une fille ne pouvait s'exprimer ainsi en face de son père. Ma mère tenta d'intervenir, mais il m'enferma dans ma chambre pour ne plus me laisser sortir. C'est intéressant car, à ce moment-là, je n'avais absolument pas conscience qu'à mon âge ma mère avait vécu exactement la même chose. Toutefois, j'avais en ma possession le joyau jaune que le Siddha lui avait offert, suspendu autour de mon cou par une chaîne dorée et posé contre mon cœur. Elle me l'avait offert pour mes dix ans et m'avait dit de toujours le garder près de mon cœur, qu'il était magique.

» À cette époque, ma grand-mère maternelle vint nous rendre visite. Elle parla à ma mère d'un rêve qu'elle avait fait à l'époque de sa rencontre avec Vishnou :

» – Dans mon rêve, j'ai appris que tu étais destinée à être avec ce jeune homme et qu'il était fait pour toi, même s'il était d'une autre caste. Mais je ne t'en ai pas parlé de peur que tu ne finisses par l'épouser et ne jettes le déshonneur sur toute la famille. Je sens qu'il en est de même pour cette pauvre Padma et son ami – ils sont vraiment faits l'un pour l'autre.

» Ma mère fut abasourdie, car ma grand-mère n'avait jamais laissé entendre qu'elle ait pu connaître l'existence de Vishnou. Mais elle en savait long. Elle informa ma mère qu'elle savait même où le trouver. Cette dernière la supplia de le lui révéler et la vieille femme obtempéra, non sans réticence. Car elle avait le don de prophétie et savait que de leurs retrouvailles découlerait du malheur. En dépit de cet avertissement, ma mère partit tout de même retrouver Vishnou. Comment aurait-elle pu s'en empêcher ?

» Parvati retrouva un homme pauvre et désœuvré. En fait, il vivait carrément dans la rue et, lorsqu'elle le retrouva, Vishnou n'avait pas mangé depuis des jours. Elle lui apporta des noix et des fruits, et ils discutèrent. Vishnou dit à Parvati combien il était heureux de la revoir et il lui demanda de lui parler de sa famille. Ma mère lui raconta que je traversais exactement la même chose qu'eux lorsqu'ils étaient jeunes. Vishnou compatit. Il eut même l'impression d'entendre parler de sa propre fille. Il demanda s'il serait possible de la voir et elle lui répondit que le seul moyen serait qu'il intègre les rangs de leurs domestiques. Vishnou accepta. Oh, la partie qui suit est importante : ma mère lui parla de sa rencontre avec le Siddha et du joyau qu'il lui avait offert. Vishnou comprit la signification profonde des mots de l'être saint. Bien que sa vie ait été dure et solitaire, il n'avait jamais cessé d'aimer Parvati.

» Ma mère et ma grand-mère s'absentèrent quelques jours et Vishnou se présenta à notre propriété. Mais, sur place, mon père lui répondit qu'il n'avait pas besoin d'un nouvel employé. Là-dessus, Vishnou avoua à mon père que lui et ma mère s'étaient connus dans leur jeunesse. En fait, il lui raconta toute l'histoire – Vishnou avait l'âme si pure qu'il était tout bonnement incapable de mentir. Vous vous en doutez, mon père ne fut pas des plus ravis de voir débarquer chez lui l'ancien amant de son épouse, d'autant plus qu'il demandait à voir sa fille. Il lui ordonna de partir sur-le-champ et, dès que Vishnou eut quitté la propriété, mon père débarqua dans ma chambre en tempêtant, réclamant mon joyau, qu'il m'arracha des mains. Puis il sortit et m'enferma à double tour. À ce moment-là, je ne compris pas ce qui s'était passé.

» Mon père revint peu après, porteur de mauvaises nouvelles. Ma mère était morte. Elle était tombée dans une sorte de coma à peu près au moment où il m'avait arraché le pendentif. Ma grand-mère était venue nous prévenir.

» Cette nuit-là, mon père fit un rêve. Je n'en connais pas les détails, mais il lui fit prendre conscience du lien qui existait entre le joyau du Siddha et la mort de son épouse. Je sais qu'il avait interrogé ma grand-mère sur le bijou et qu'elle lui avait avoué tout ce qu'elle savait. En revanche, ce qui est sûr, c'est que mon père devint soudainement très anxieux à l'idée que je porte ce bijou – comme s'il pouvait provoquer ma mort. Mais, en découvrant l'histoire de ma grand-mère, je compris la situation avec bien plus de clarté que mon père. Je lui proposai alors un marché : s'il acceptait que j'épouse Dharma, je ne porterais plus jamais le joyau.

» – Ne comprends-tu pas ? lui dis-je. Ce n'est pas le bijou qui maintenait maman en vie : c'est son amour pour Vishnou. Dans ta colère, en le chassant et en m'arrachant le bijou, tu as tenté de rompre ce lien. C'est pour ça qu'elle est morte. Et, même si je portais ce bijou en permanence, je serais comme morte si tu ne me permets pas d'épouser Dharma. La seule magie que contient ce joyau, c'est l'amour qu'on y apporte.

» C'est alors que mon père me confia sa peur :

» – Si tu l'épouses, tu partiras loin d'ici et il n'y aura plus personne pour veiller sur moi quand je serai vieux.

» En ce temps-là, les enfants prenaient toujours soin de leurs aînés. Personne d'autre ne s'en chargeait.

» – Même si j'épouse Dharma, je te promets de veiller sur toi jusqu'à ta mort, lui assurai-je.

» Mon père fut heureux de l'apprendre. Mais le problème des castes demeurait. S'il entendait parler de notre union, le village entier nous couvrirait de sa colère. Mais nous avions un avantage : Dharma était originaire d'une contrée lointaine. Personne en ville ne le connaissait, ni lui ni sa famille. Mon père suggéra de prétendre que Dharma était brahmane. Évidemment, ce fut plus facile à dire qu'à faire, car on inculque aux brahmanes dès leur plus jeune âge des connaissances que les shudras ignorent : la cérémonie sacrificielle, ou *hotri,* les chants du *gayatri mantra,* etc. Mon père offrit d'apprendre toutes ces choses à Dharma. Mais, comme Vishnou, ce dernier avait l'âme pure et il se refusait à mentir. Je lui dis qu'il était préférable de mentir et d'être ensemble que de ne plus jamais nous voir. Finalement, Dharma consentit à devenir brahmane.

» Ainsi, nous nous mariâmes et au début tout se passa bien. Ma joie d'être auprès de Dharma annihilait toutes mes peurs de l'avenir ou, tout du moins, elle les reléguait au second plan. Mon père débuta son enseignement et Dharma apprenait vite. Tout semblait se dérouler comme prévu. Mais mon père tomba soudainement malade et il mourut. À la même période, j'appris que j'étais enceinte, ce qui tombait très mal, car chez les brahmanes on attend du père de l'enfant, surtout s'il s'agit d'un garçon, qu'il pratique plusieurs cérémonies en public – les *pujas.* Dharma n'était pas prêt et nous n'avions personne vers qui nous tourner pour poursuivre son enseignement. En secret, il étudia les Védas pour apprendre ce qui lui serait nécessaire pour la cérémonie, mais l'essentiel de ce savoir n'est pas contenu dans des livres : il est enseigné oralement.

» Notre fils finit par naître, un garçon que je baptisai Bhrigu. C'était un enfant incroyable – il émanait de lui une aura de paix et une intense lumière, alors qu'il n'était qu'un nouveau-né. Tout le village se rassembla pour assister aux *pujas* données en son honneur. Dharma fit tous les préparatifs et se lança courageusement. Mais, très vite, une vague de murmures perplexes parcourut l'assemblée. Les aînés se plaignirent qu'il faisait tout de travers. Les chants étaient mal prononcés et les mouvements propres aux rituels étaient mal effectués. Ils crièrent que Dharma ne pouvait décemment pas être brahmane et que notre union était donc immorale.

» Nous étions dans l'impasse. Je me tenais au milieu de l'assemblée, le petit Bhrigu sur les genoux, Dharma me regardant avec désespoir, comme s'il regrettait d'avoir consenti à ce mensonge. Les villageois n'allaient pas nous lyncher – ils n'étaient pas barbares à ce point. Mais ils allaient nous escorter hors du village, sans nourriture ni provisions, ce qui au bout du compte ne vaudrait pas mieux. Survivre dans la nature, surtout avec le petit Bhrigu, ne serait pas une mince affaire, car il y avait de nombreux tigres dans la forêt à l'époque. Tout espoir semblait perdu.

» C'est alors qu'un homme incroyable entra dans le village. Je ne l'avais encore jamais vu mais, d'instinct, je devinai qu'il s'agissait du Siddha que ma mère avait rencontré la veille de son mariage. Une aura de grâce et d'autorité suprême émanait de lui. Il marcha à grands pas au cœur de la foule et vint derrière moi, posant une main sur ma tête et l'autre sur celle de mon enfant. Puis il s'adressa aux villageois :

» – Il est vrai que Dharma n'est pas né brahmane et, en vertu des hymnes contenus dans les Védas, ce mariage et cet enfant ne peuvent être bénis. Mais les Védas sont bien plus que des hymnes, bien plus que des mots ! Ils sont l'expression de la divinité et de l'amour. Et, lorsque Padma et Dharma se sont rencontrés, leur amour était si fort qu'ils étaient prêts à tout risquer pour être ensemble, y compris leurs vies. Tel est le pouvoir de leur amour ! Tel est le pouvoir de la grâce divine qui vit dans leur existence ! Et c'est par cette grâce qu'a pu naître cet enfant, cet enfant même que vous voulez chasser !

» Le Siddha s'interrompit et prit dans ses bras l'enfant, qu'il brandit au-dessus de lui aux yeux de tout le village :

» – Cet enfant deviendra un jour un grand prophète. Sa mission sera de rapporter au peuple la véritable signification des Védas. Il lui apprendra l'amour du divin et éveillera la connaissance de Dieu dans les cœurs de tous les hommes et de toutes les femmes. Il enseignera à tout le monde, sans tenir compte des castes. En réalité, il va grandement restructurer vos notions d'appartenance !

» Le Siddha sourit au petit Bhrigu :

» – Cet enfant, un jour, vous l'appellerez Maître.

» Il me rendit Bhrigu, planta son regard dans le mien et celui de Dharma, puis il disparut. Dire que les villageois étaient secoués serait un euphémisme. Le Siddha s'était exprimé avec une telle autorité et semblait à l'évidence si éclairé qu'ils ne nous importunèrent plus. On nous laissa tranquilles, bien que les gens ne fussent pas sympathiques avec nous pour autant. Mais je m'en fichais. J'avais un mari, un fils, et j'en fus de plus en plus satisfaite au fil des ans. Car tout ce qu'avait prédit le Siddha se révéla être la vérité. Mon fils devint un véritable saint et je fus sa première disciple. Il m'apprit à moi et apprit au monde de nombreuses choses, dont une plus importante que tout le reste : les êtres humains sont tous égaux. Ce Maître, mon fils, mena un véritable renouveau spirituel qui déferla sur l'Inde de jadis. Encore aujourd'hui, le nom de Bhrigu figure dans les Védas.

Ilonka cessa de parler et se réinstalla dans son fauteuil.

Les autres la regardaient fixement. Spence fut le premier à parler :

— Comment tu sais autant de trucs à propos des Védas ?

— Je m'en souviens, répondit-elle simplement.

Kevin demanda :

— Tu as déjà étudié l'ancienne culture hindoue ?

Ilonka haussa les épaules.

— J'ai lu quelques livres sur le sujet, mais le gros de mes connaissances ne provient pas de bouquins.

— Alors, comment peux-tu savoir que c'est véridique ? répliqua Spence.

— Je le tiens pour acquis.

— As-tu lu ces livres avant ou après t'être souvenue de cette vie ?

Ilonka ricana :

— Je devine le sens caché de ta question. Est-ce que les souvenirs que j'ai de mes vies antérieures sont vérifiables ? Pour te répondre, je n'en suis pas sûre. J'ai lu des livres sur l'Inde quand j'étais petite. Plus récemment, j'en ai lu d'autres après avoir revécu mes vies passées. Mes souvenirs et mes lectures s'embrouillent dans mon esprit, mais je suis certaine d'avoir une culture de l'Inde ancienne que les auteurs de ces livres n'ont pas.

Elle marqua une pause et ajouta :

— Ça te paraît insensé ?

— Il y a quelques détails spécifiques sur lesquels je te poserais bien une colle. Par exemple, ton fils, Bhrigu. Tu dis que son nom figure dans les Védas ?

— Exact. Je peux te montrer.

— As-tu lu son nom avant de revivre cette vie passée ?

— Je ne pense pas. Ça m'est juste venu à l'esprit… Son nom et tout le reste.

— Tu ne penses pas, donc tu n'es pas sûre ?

Ilonka se mit à bâiller. Une chance qu'elle en ait fini avec son histoire, elle se sentait complètement épuisée.

— Je ne pourrais pas le jurer, répondit-elle. J'ai peut-être oublié avoir lu ce nom dans un livre. Je vous l'ai dit, je ne suis pas certaine qu'il s'agisse de vies antérieures. C'est juste mon ressenti. C'est peut-être simplement le fruit de mon imagination.

— À quoi bon toute cette analyse ? s'impatienta Sandra, la voix encore un peu pâteuse. On a passé un bon moment, alors passons à l'histoire suivante.

— J'ai adoré ton histoire, Ilonka, dit doucement Anya, le menton lourdement penché vers sa poitrine. Elle m'a émue.

— C'était superbe, confirma Kevin. Tu es sûre d'avoir été Padma et pas un autre personnage de l'histoire ?

Ilonka sourit. Il avait posé une question similaire la nuit précédente.

— Si je ne suis pas l'héroïne, qui pourrais-je être d'autre ?

Cette question arracha un sourire à Kevin. Il but une gorgée d'eau – il avait à peine touché à son verre de vin – et s'éclaircit la voix. Ilonka était pressée d'entendre la suite du *Miroir magique*, l'histoire d'Herme et de Teresa. Kevin commença :

— Lorsqu'il quitta le Louvre, Herme se rendit compte qu'il n'avait nulle part où aller à part chez Teresa. Elle avait beau être amoureuse de lui, cette dernière n'avait pas réalisé qu'en l'invitant à partir elle avait aussi hérité d'un colocataire. Mais Teresa n'avait pas de chez-elle – elle résidait dans une auberge de jeunesse. On dort pour pas cher dans ces endroits, mais il faut avoir quitté sa chambre à neuf heures du matin et on ne peut pas y revenir avant la tombée de la nuit. C'est souvent bondé, inconfortable, et la chambre de Teresa était très petite. Évidemment, pour couronner le tout, Herme n'avait pas le moindre sou en poche, même pas un centime. Les seuls vêtements qu'il possédait étaient sur son dos. Teresa était très étonnée qu'il ait si peu de choses, mais elle était tellement amoureuse de lui qu'elle se décida à l'aider du mieux qu'elle pourrait. Sa seule compagnie la rendait heureuse, car la joie d'Herme était source d'émerveillement et elle savait qu'il ne lui faudrait pas longtemps pour se tailler une véritable célébrité en tant qu'artiste. Mais ce n'est pas pour cette raison qu'elle le fréquentait. En revanche, elle avait toujours gardé cette éventualité à l'esprit, ce qui était tout naturel – après tout, Teresa était une jeune femme pauvre et elle n'aurait pas refusé une situation plus stable.

» Une fois à l'auberge de jeunesse, Teresa paya la chambre pour deux. Au matin, elle dut aussi payer pour leurs petits déjeuners. Herme avait vraiment envie d'un petit déjeuner. Au Louvre, il n'avait accepté le repas que par politesse et non par appétit. Il était désormais affamé et il mangea avec délectation, car tout était un délice pour ses papilles.

» Teresa décida que la première chose à faire était de lui trouver un travail. Elle l'emmena dans un studio de portraitiste, un endroit où les gens se font peindre en famille. Sauf qu'Herme n'avait aucun book à montrer au propriétaire des lieux, et il ne pouvait décemment pas démarcher avec une toile de Léonard de Vinci sous le bras. Le type lui demanda de revenir quand il aurait quelque chose à lui montrer, ce qui convint tout à fait à Herme. Mais ce fut une déception pour Teresa, dont les maigres finances diminuaient à vue d'œil.

» Mais Paris est une ville fabuleuse quand on est artiste et Herme remarqua dans les rues de nombreux peintres en train de faire des portraits de passants. Il informa Teresa qu'il voulait gagner sa vie ainsi. Herme aimait être dehors. L'air frais, la pluie, les oiseaux qui chantent dans les arbres… Tout n'était que ravissement à ses yeux. Le seul ennui, c'était que l'achat de provisions et de matériel de peinture allait engloutir les dernières économies de Teresa. Mais sa foi en lui était telle qu'elle consentit à lui fournir ce dont il avait besoin : un chevalet, une chaise, quelques pinceaux, de la peinture à l'huile et des toiles. Herme appréciait de se retrouver en dehors du musée, mais il aimait bien le contempler. D'une certaine manière, cela le rassurait, sans qu'il en comprenne exactement la raison.

» Bien vite, Herme attira la clientèle. Il était plein de talent et de charme ! Le bouche-à-oreille fit son effet et il fut bientôt débordé de travail, mais cela ne lui rapportait pas beaucoup d'argent. Paris a beau être le refuge des artistes, c'est aussi une des villes où il règne le plus de compétition. Certes, les portraits d'Herme étaient superbes, mais il les produisait à la chaîne et il n'avait pas l'habitude de travailler ainsi. Autrefois, il peignait toujours chaque toile avec soin. La cadence de travail émoussait la qualité de son dessin, bien qu'il soit toujours largement dans le haut du panier. Au bout de deux mois durant lesquels il travailla dans la rue, Teresa lui ouvrit un studio de peinture grâce à leurs économies. C'était elle qui gérait toutes les dépenses – Herme ne comprenait rien à l'argent. Mais il était heureux de son existence. Il était toujours fou amoureux de Teresa. L'embrasser, la toucher, faire l'amour avec elle… Tout était si nouveau et grisant qu'il ne regrettait nullement d'avoir renoncé à l'immortalité.

» Avec le studio, Herme se plongea dans une forme de routine, ce qui n'arrangeait pas la qualité de son dessin. L'extérieur lui manquait, et il se lassa bien vite de peindre de banals portraits. Autrefois, il était un ange et il avait inspiré les plus grandes toiles de l'histoire de l'humanité. Il voulait se diversifier et peindre d'autres choses, mais Teresa lui signala que c'était impossible. Certains clients avaient réservé depuis des mois et elle avait déjà encaissé leurs acomptes. Il fallait continuer de peindre des portraits – fin de la discussion. Herme suivit son conseil, car il savait qu'elle avait bien plus d'expérience du monde que lui. De plus, il n'aimait pas contrarier la jeune femme. Teresa pouvait se montrer têtue et elle était du genre à s'obstiner jusqu'à obtenir gain de cause.

» Pendant cette période, le couple commença à bien gagner sa vie, mais ils étaient encore loin d'être riches.

Teresa leur trouva un bel appartement dans un des quartiers chics de la ville et elle le décora avec des objets chinés. Herme continuait de travailler tous les jours, parfois même les week-ends, enchaînant les commandes de portraits. Puis, pour la première fois, certains clients commencèrent à se plaindre de la qualité de son travail. Son talent n'impressionnait plus personne pour diverses raisons. Il facturait son travail plus cher – en tout cas, Teresa l'avait fait – et la clientèle était donc naturellement devenue plus exigeante. On le payait plus cher pour obtenir plus beau. De plus, comme je l'ai précisé, Herme acceptait trop de demandes et était donc débordé. Jusqu'à ce qu'il finisse usé et en manque d'inspiration, probable raison de son déclin artistique. Ce qui rendait ses portraits si particuliers, c'était qu'Herme parvenait toujours à révéler les qualités cachées de ses modèles. Mais, désormais, il ne peignait plus que la surface des choses.

» Les plaintes remontèrent aux oreilles de Teresa et elle morigéna Herme pour qu'il s'améliore. Il lui fit part de son envie de changer d'air et elle fut favorable à l'idée. Après tout, Teresa n'avait pas renoncé à son rêve d'aller en Amérique. Elle suggéra à Herme de se rendre à New York et il en fut enchanté. Bien que cela signifie qu'il allait lui falloir quitter le Louvre pour peut-être ne plus jamais le revoir. Quand il ne se sentait pas au top, il retournait au musée et déambulait dans les longues galeries, les yeux levés vers ses gloires passées. Il aimait toujours Teresa de tout son cœur et il voyait bien que c'était réciproque, mais il n'était plus aussi heureux que le jour où il avait quitté le musée. Leur idylle n'était plus aussi spontanée et enthousiaste, et il se demanda si c'était lié. Il n'aurait su le dire, car il ne parvenait plus à lire aussi clairement dans son cœur – ni celui de quiconque.

» Ils vendirent le studio, l'appartement, et déménagèrent à New York. Pendant un temps, les choses s'améliorèrent entre eux. Herme ne reprit pas le travail tout de suite et ils purent passer plus de temps ensemble. Leur idylle connut un bref regain, puis soudain tout bascula. Teresa n'avait pas l'habitude d'être constamment en présence d'Herme. Or il avait pris la mauvaise habitude de la coller sans arrêt, un défaut qu'elle ne supportait pas. Naturellement, c'est parce qu'il la sentait s'éloigner de lui qu'il ne la quittait plus. À part son couple avec Teresa, Herme n'avait aucune expérience des relations humaines et il pensait que le seul moyen de contrer le déclin de son amour était de redoubler d'affection envers elle. Mais c'était une attitude forcée. Or, le charme naturel d'Herme reposait en grande partie sur sa spontanéité et son aisance en toute circonstance. Mais ce charme commençait à lui faire défaut et il ne savait plus quoi faire.

» Teresa voulait qu'il reprenne le travail, mais il était réfractaire à l'idée de peindre des portraits. Il voulait sortir et capter les tapisseries naturelles que le monde avait à offrir. Il avait aussi envie de peindre des choses plus abstraites. En conséquence de quoi, il se retrouva en compétition avec des milliers d'autres artistes qui galéraient dans le pays. Herme renonçait à son domaine de prédilection pour suivre ses idéaux. Il va sans dire que Teresa ne fut pas ravie de cette décision. Elle protesta, soutenant qu'ils vivaient déjà sur leurs économies et qu'il était hors de question de retourner à une vie de bohème. En fait, elle déclara même qu'il lui était redevable, que c'était elle qui l'avait soutenu quand il n'avait rien. Herme fut incapable de répondre à ces accusations, sauf en se repliant encore davantage sur lui-même. Il sortait marcher dans les rues de New York tard dans la nuit, ne revenant souvent qu'au lever du soleil.

» Mais, une nuit, il rentra plus tôt que d'habitude et découvrit que Teresa n'était pas seule : elle était au lit avec un autre homme. En dépit de tout ce qui était arrivé depuis qu'il avait quitté le Louvre, Herme était encore incroyablement naïf. Jamais il ne s'était imaginé que Teresa, *sa* Teresa, la seule femme qu'il ait jamais aimée, puisse désirer un autre homme que lui.

— C'est horrible, murmura Anya, presque malgré elle.

Ilonka porta son attention sur elle mais la jeune fille ne lui rendit pas son regard, baissant la tête comme sous le coup d'une intense réflexion.

Kevin acquiesça :

— Pour Herme, c'était un cauchemar. Il était conscient de la présence de l'homme, mais ses yeux restaient fixés sur Teresa. Qu'aurait-elle bien pu lui dire ? Elle se contenta de pousser un juron et détourna le regard. Herme était désemparé. Il quitta l'appartement. Il avait toujours senti en lui une lumière guider ses pas, même depuis qu'il était devenu mortel. Mais cette lumière l'avait à présent déserté et il ne pouvait souffrir les ténèbres. Il erra dans des quartiers de New York où il ne s'était encore jamais aventuré, des endroits où l'on pouvait facilement se procurer certaines choses sous le manteau – un cran d'arrêt ou de la drogue. Il espérait que quelqu'un l'agresse, l'abatte, le poignarde, qu'on mette fin à ses souffrances. Mais il émanait de lui un désespoir tel que personne ne l'approcha. C'était comme s'il n'était même plus humain. Il se sentait comme un simple spectre envoyé de l'au-delà pour hanter l'humanité, comme une tache sur la planète. Il marcha jusqu'au milieu du pont de Brooklyn, au-dessus des flots glacés par l'hiver. Il grimpa sur la rambarde et observa en contrebas. Il ne vit rien d'autre que la noirceur et ne sentit pas la présence de Dieu au-dessus de lui. Il ne lui adressa aucune prière, ni ne réclama son salut. Herme avait l'intention de se suicider et d'en finir avec la vie.

» Toutefois, juste avant de faire le grand saut, il se remémora le jour où il avait quitté le Louvre et ce qu'il avait ressenti : la joie, l'enthousiasme et, plus important que tout, l'amour. Il se demanda alors ce qu'il était advenu de toutes ces sensations, et si c'était bien à cause de Teresa qu'il les avait perdues. Car en cet instant il comprit que c'était l'amour qu'il éprouvait pour elle qui l'avait rendue aussi merveilleuse. Il se rendit compte d'un changement chez lui – et pas uniquement dû à des circonstances extérieures. Mais quelle était la nature de ce changement ? Cela semblait évident. Il était autrefois un ange et il était devenu humain ; un être divin devenu mortel. Et, alors qu'il se tenait sur la rambarde au-dessus des eaux gelées, il se demanda si le processus marchait dans les deux sens : un mortel pouvait-il devenir un être divin ? C'était une drôle d'idée, qui ne lui avait jamais effleuré l'esprit, mais elle touchait désormais profondément une partie de son âme. Car oui, il sentait qu'il avait toujours une âme. Herme descendit de la rambarde et retourna au milieu du pont. Il leva les yeux vers le ciel, vit la lumière des étoiles percer le brouillard qui recouvrait la ville, et il se sentit béni.

» Herme quitta le pont et partit en quête de ce qu'il avait perdu. En quête de lui-même.

La voix de Kevin commençait à le trahir et il posa momentanément la tête sur ses bras repliés sur la table. Ilonka l'observa avec anxiété jusqu'à ce qu'il se redresse et leur décoche un sourire. Il prit son verre et sirota une gorgée d'eau.

— C'est tout pour cette nuit, déclara-t-il.

— Tu ne veux pas finir ce soir ? demanda Anya, une émotion inhabituelle dans la voix. S'il te plaît ?

Il fit non de la tête et toussa.

— Je suis crevé. Même si je le voulais, je ne crois pas que j'en serais capable.

Ilonka bâilla à nouveau, si fort qu'elle fut embarrassée :

— Je suis crevée aussi. Je pourrais m'endormir sur ma chaise.

Elle félicita Kevin en lui tapotant le bras et ajouta :

— Contente que tu sois passé en dernier. On fait pas le poids. C'était fabuleux.

— Est-ce que ça finit bien ? demanda Anya sans en démordre.

— Il n'y aurait pas de surprise si je te racontais la fin, répondit Kevin.

Anya lui adressa un regard étrange, comme chargé d'un message silencieux. *Plus rien ne peut me surprendre, désormais.*

Spence prit la parole :

— Cet Herme pourrait grandement bénéficier de mes conseils.

— J'adore Herme, déclara Sandra en jouant avec son verre de vin. Il me rappelle Dan. Il aimait la nature lui aussi…

— Oh, la barbe ! s'impatienta Spence.

Ilonka n'exagérait pas quand elle disait être épuisée. La fatigue pesait sur sa tête comme une main de fer dont les doigts étaient plongés dans son cerveau. Cet accès de fatigue la surprenait. Après tout, elle avait fait la sieste dans l'après-midi. Sa visite à l'hôpital et la confrontation avec Kathy devaient l'avoir bien plus minée qu'elle ne le croyait. Elle s'inquiétait encore que Kevin apprenne leur altercation. Pourtant, chaque fois qu'il l'avait regardée pendant la soirée, elle n'avait vu que de la tendresse dans ses yeux. Et il continuait de la fixer en ce moment.

— Tu me raccompagnes à ma chambre, ce soir ? demanda-t-il.

Elle sourit.

— C'est à ton tour, mon pote !

Les mots avaient à peine quitté sa bouche qu'elle les regretta aussitôt. Kevin n'aurait pas la force de monter au deuxième étage. Elle reposa hâtivement la main sur son bras :

— Oublie ce que j'ai dit. Je veux bien te raccompagner.

— Ne rentrez pas trop tard, les avertit Spence.

Ilonka se leva :

— Oui, papa !

Spence se tourna vers Anya :

— Avant que tu partes, j'aimerais qu'on cause un peu tous les deux.

— Pousse-moi jusqu'à ma chambre, dit-elle. Bonne nuit, Sandra. Contente que tu te sois envoyée en l'air au moins une fois dans ta vie. Bonne nuit, Kevin. J'espère qu'Herme retrouvera ses ailes avant de finir noyé dans la fange du monde.

Soudain, Anya porta le regard autour de la salle d'étude et parla d'une voix chargée d'émotion :

— C'était cool de se réunir ici.

— Une belle séance nous attend demain soir, souligna Spence.

Le regard dans le vague, Anya cligna des yeux.

— Ouais. Demain…

Kevin avait du mal à marcher, une conséquence inattendue de sa leucémie. Il signala à Ilonka que sa jambe gauche était engourdie à son réveil. Il dut s'appuyer contre elle tout le long du chemin vers sa chambre.

Une fois en haut, il l'invita à entrer boire un thé. Cette proposition signifiait beaucoup pour la jeune femme, mais elle était trop fatiguée pour accepter l'invitation.

— Peut-être demain soir, dit-elle en étouffant un nouveau bâillement derrière sa main. Dès que tu nous auras appris ce qui est arrivé à Herme.

Tout comme Kevin, elle prit appui contre le mur pour conserver son équilibre. *On fait vraiment la paire, tous les deux,* songea-t-elle.

— Tu sais, commença Kevin, je pensais à toi en travaillant sur cette histoire.

Ilonka rigola.

— J'espère que tu ne t'es pas inspiré de moi pour Teresa !

— Tu le prendrais mal ?

— Ouais ! Elle a fait cocu son ange gardien ! Jamais je ne ferais une chose pareille !

— Tu crois aux anges, Ilonka ?

Elle adorait l'entendre prononcer son nom. Elle aurait été ravie de l'entendre le lui murmurer au creux de l'oreille toute la nuit. La jeune femme songea alors aux derniers mots qu'Anya avait adressés à Sandra :

Contente que tu te sois envoyée en l'air au moins une fois dans ta vie. Ilonka n'avait jamais couché avec un garçon. En fait, jusqu'à sa rencontre avec Kevin, cela ne l'avait jamais tentée. Leurs petites discussions avant d'aller au lit étaient absolument charmantes, mais elle ressentit tout à coup une profonde tristesse à l'idée de mourir sans jamais avoir été touchée ou caressée. En fait, elle n'avait pas la moindre idée de ce que l'on pouvait ressentir en faisant l'amour. De toute sa vie, la seule chose qu'elle avait désirée, c'était que quelqu'un l'aime par-dessus tout.

Où était son Maître à présent ? Qu'aurait-il à dire sur son chagrin ? Pourquoi n'était-il pas à ses côtés en cet instant, alors qu'elle vivait la plus difficile de toutes ses vies ?

— Je crois aux anges, murmura-t-elle.

Je crois en toi.

— Ilonka ?

Elle ferma les yeux et se plaqua la main sur la tête.

— Il faut que j'aille me coucher.

— Oui, va dormir.

Kevin l'étreignit doucement.

Le Maître te dirait que ton amour ne vaut rien s'il est fondé sur un mensonge.

Ilonka susurra à l'oreille de Kevin :

— J'ai vu Kathy aujourd'hui.

Il relâcha son étreinte et la dévisagea. Le couloir était sombre ; elle ne parvint pas à déchiffrer son expression.

Mais la compréhension dans sa voix ne faisait aucun doute :

— Je sais.

— Je…

— C'est pas grave, la coupa-t-il en lui scellant les lèvres avec l'index. N'y pense plus.

Les yeux d'Ilonka se chargèrent de larmes.

— J'ai été cruelle.

— C'est la situation qui est cruelle, rétorqua-t-il avant de lui déposer un baiser sur le front. Va dormir. Rêve de ton Maître. Il est fascinant !

Elle fut ravie de l'entendre.

— Tu trouves réellement ?

Kevin ouvrit la porte de sa chambre et y entra en boitillant.

— Oui, Ilonka. Réellement. Mais, comme il le dirait lui-même : qu'est-ce que le réel ? Bonne nuit.

— Bonne nuit, mon amour, murmura-t-elle dès qu'il eut refermé la porte.

Elle n'avait jamais confié à Kevin que son Maître la poussait constamment à faire la différence entre le réel et l'illusion.

De retour à sa chambre, elle découvrit Spence et Anya se faisant face, lui sur son lit et elle toujours dans son fauteuil. Ilonka eut la nette impression de mal tomber et elle leur aurait présenté ses excuses si elle ne s'était pas sentie sur le point de s'évanouir de fatigue. Elle s'affala sur son lit, tournant le dos à Spence.

— Faites pas attention à moi, je ne suis plus qu'un amas de protoplasmes, marmonna-t-elle, les yeux fermés.

Spence parla d'une voix mal assurée :

— Il vaudrait mieux que j'y aille.

— Oui, tu peux y aller, confirma Anya d'une voix curieusement autoritaire.

Ilonka entendit la porte s'ouvrir puis se refermer.

— Ilonka ? demanda Anya.

— Ouais ? murmura-t-elle.

— Je n'avais encore jamais parlé de Bill à personne.

— Ouais.

— Je t'en ai parlé parce que j'ai confiance en toi.

— Ouais.

Il y eut une longue pause. Ilonka pensait s'être assoupie au milieu de la conversation. Quand Anya s'exprima à nouveau, sa voix lui parut très éloignée :

— Je sais que Kevin est présent dans tes histoires de vies antérieures. Je crois qu'il est aussi au courant. Mais tu sais ? Le passé, c'est le passé. C'est mort et enterré. Et, avant qu'on le soit tous à notre tour, j'espère vraiment que vous pourrez partager un peu de vie ensemble, tous les deux.

Anya marqua une pause et Ilonka entendit comme un mouvement. Elle sentit quelque chose de chaud et humide sur sa joue. Anya venait-elle de l'embrasser ?

— Rêve, ma toute belle, dit-elle d'une voix douce.

— Tout n'est qu'un rêve, murmura Ilonka.

Puis elle partit.

Elle était assise avec son Maître dans une forêt luxuriante. Le soleil était bas sur la cime des arbres, probablement sur le point de se coucher, ou s'apprêtant à se lever. Le temps semblait s'être figé sur cet instant d'éternité. La lumière orangée de la chevelure du Maître était merveilleuse, tout comme ses yeux sombres, des yeux qui voyaient tout et ne jugeaient jamais personne. Tandis qu'elle racontait la fin de sa longue et triste histoire, il jouait avec le chapelet de perles qu'il avait autour du cou.

— Comment te sens-tu en ce moment ? demanda-t-il soudainement.

Surprise, elle haussa les épaules.

— Je viens de vous le dire. Ma vie est fichue.

— Certes, ta vie est fichue. Mais comment te sens-tu en ce moment ?

— C'est merveilleux d'être à vos côtés, mais…

— Il n'y a pas de mais, la coupa-t-il. Seulement l'instant présent. Ton esprit s'appesantit sur le passé. Tu regrettes tes actions et tu éprouves de la colère pour ce que tu penses avoir subi. Ou alors, ton esprit s'inquiète de l'avenir. Mais le passé est le passé et l'avenir n'existe pas. Tout ce qu'il te reste, c'est l'instant présent et pour l'heure tu te sens bien.

Son sourire était si doux, un éclair d'amour.

— Alors, quel est le problème ? reprit-il. Tu n'as aucun problème.

— Mais…

— Pas de mais, répéta-t-il en claquant des doigts près de son visage. Vis l'instant présent. Sois totalement avec moi. Je suis totalement avec toi. C'est cela l'illumination, rien de plus.

— Mais je ne peux pas être toujours avec vous ! gémit-elle. Je dois retourner vivre ma vie et ma vie est difficile. Personne ne m'aime, personne ne se soucie de moi. Je suis seule au monde !

— Tu n'es pas seule. Je suis toujours avec toi.

— Je le sais, mais il m'arrive de ne pas le ressentir.

Elle se mit à sangloter :

— Ma douleur est réelle. Elle ne disparaîtra pas avec des mots.

— Certes, les mots ne peuvent guérir. Seul le silence le peut. Que puis-je donc dire pour que tu te sentes mieux ? Veux-tu que je fasse un miracle pour toi ?

Elle acquiesça.

— J'aurais bien besoin d'un miracle.

Le Maître soupesa la question.

— Fort bien. Je vais exécuter un miracle pour toi. Quand tu seras de retour chez toi, tout ira parfaitement bien. Ta vie sera telle qu'elle doit être.

Elle le regarda d'un air dubitatif. Elle savait combien il aimait lui jouer des tours.

— Vous me le promettez ?

— Je te donne ma parole. Et si tu crois en ma parole, si tu as cette foi-là, alors tu verras que tout est déjà parfait. Dieu t'accorde ce dont tu as besoin pour apprendre. Et, comme tu apprends lentement, il continue à t'enseigner des leçons difficiles. Cela ne signifie pas que tu n'as pas droit à l'erreur. C'est bien, de faire des erreurs. Sauf que tu répètes toujours les mêmes.

Elle secoua tristement la tête.

— Je veux qu'il revienne.

— Il n'est plus là. Il est mort.

Elle agrippa le Maître par la main :

— Mais vous pouvez tout faire. J'ai vu l'étendue de votre pouvoir ! Pitié, ne pouvez-vous me le ramener ?

Le Maître la regarda avec gravité.

— Prends garde à ce que tu souhaites de moi. Tu pourrais finir par l'obtenir.

CHAPITRE 5

LE LENDEMAIN MATIN, ILONKA ouvrit les yeux et fixa le plafond pendant une éternité. Durant tout ce temps, elle ne pensa à rien, exception faite qu'elle trouvait sa tête étrangement lourde. Elle se demanda brièvement si c'était à cause du petit verre de vin qu'elle avait bu la veille. Finalement, elle roula sur le côté pour voir comment Anya se sentait. Le matin, sa voisine de chambre se réveillait toujours la première et, d'ordinaire, Ilonka la découvrait le nez dans un livre.

Étendue sur le dos, Anya dormait encore comme une souche.

Ilonka consulta le réveil. *Ouh là là. Dix heures du matin !* Quelles marmottes ! Ilonka continua à fixer Anya. Elle était totalement immobile, profondément endormie. Si immobile qu'Ilonka se sentit soudain nerveuse.

— Anya ? la héla-t-elle. Anya ?

Pas de réponse. Ilonka se redressa avec lenteur, sans jamais quitter des yeux le visage de son amie.

— Anya ? Il est dix heures du mat'. Réveille-toi.

Aussi immobile qu'un mannequin. C'était à peine si elle respirait.

— Anya ?

Ilonka marcha jusqu'au lit de sa voisine et la secoua.

— Anya…

Non. Pas *à peine.* Anya ne respirait plus. Elle avait cessé de respirer.

Ilonka poussa un cri :

— Anya !

Prise de panique, elle prit le pouls de la jeune fille au creux du cou.

Rien.

— Anya !

Ilonka la secoua violemment et la malheureuse se balança d'avant en arrière, comme un sac de vieux vêtements. La fenêtre de leur chambre était légèrement entrouverte ; on entendait le bruit des vagues dans le lointain. Il faisait frisquet dans la chambre, Anya avait le menton aussi froid que le sol. Cela faisait plusieurs heures que son amie était morte. Il n'y avait aucune chance de la ramener à la vie et, de toute façon, l'équipe médicale n'aurait pas pris cette peine. Cet endroit était un mouroir. On n'en sortait que les pieds devant.

Ilonka sentit les larmes lui piquer les yeux.

— Anya, non, murmura-t-elle en la serrant contre elle et en l'embrassant.

Elle savait que les choses finiraient ainsi, tôt ou tard, mais elle était en état de choc. C'était comme si elle découvrait l'existence de la mort pour la toute première fois. Anya lui manquait déjà.

Au bout d'un moment, elle abandonna son amie et descendit au bureau du docteur White d'une démarche chancelante. Le médecin sortait de son bureau lorsqu'il aperçut Ilonka. Il se rua aussitôt à sa rencontre. La jeune fille se rendit compte qu'elle n'avait pas enfilé de robe de chambre. Le médecin demanda :

— Ilonka ? Que se passe-t-il ?

— Anya est morte pendant la nuit.

Le docteur White l'étreignit.

— Je suis navré. Est-elle toujours dans son lit ?

— Oui.

— Laisse-moi monter la voir.

Ilonka se dégagea.

— Je viens avec vous.

— Tu es sûre ?

— Oui. Il vaut mieux que… je m'occupe d'elle.

Ilonka avait laissé Anya sur son lit, les bras croisés sur la poitrine. Le docteur White prit l'un de ses poignets et chercha son pouls. N'en trouvant pas, il ouvrit l'une de ses paupières et examina sa pupille. Ilonka tourna brièvement le regard. Enfin, le médecin posa la main sur son front, certainement pour faire une estimation de la température du corps.

Le corps.

Voilà ce qu'était Anya, à présent. Plus une personne. Pas une jeune fille pleine de rêves et d'espoirs, mais un cadavre. Vers la fin, Anya avait abandonné tous ses rêves. Plus que tous les autres membres du club, elle avait accepté son destin, une résilience qu'Ilonka n'avait pas. Du moins, pas encore. Pas aujourd'hui.

Ilonka demanda :

— Elle est morte, pas vrai ?

On n'aurait pas pu poser de question plus stupide, mais il fallait qu'elle sache avec certitude.

— Oui, répondit le docteur White en examinant la raideur des bras et des jambes d'Anya. Je dirais qu'elle nous a quittés il y a environ sept ou huit heures.

Ce qui signifiait qu'elle s'était éteinte peu de temps après s'être couchée. Juste après qu'elles avaient éteint la lumière. Ilonka se rappela la séance de la veille :

Tu ne veux pas finir ce soir ? S'il te plaît ?

Anya avait-elle déjà supplié pour quoi que ce soit ?

C'était cool de se réunir ici.

On aurait dit qu'elle faisait ses adieux à la salle d'étude.

Je n'avais encore jamais parlé de Bill à personne.

Elle avait parlé sur le ton de la confession.

Puis elle l'avait embrassée sur la joue.

Rêve, ma toute belle.

— De quoi est-elle morte ? demanda Ilonka.

Le docteur White jeta un coup d'œil dans sa direction, avec l'air de dire : *Tu es bouleversée, donc tu as le droit de poser une question stupide, mais ça en fait déjà deux d'affilée.*

— Elle est morte du cancer, répondit-il.

— Plus exactement, je veux dire.

— Je ne saurais être plus exact.

Ilonka secoua la tête.

— Anya a dit des choses flippantes, hier soir.

— Que veux-tu dire ?

— C'est rien.

— Ilonka ?

— Je veux dire qu'elle s'est peut-être suicidée. Elle prenait beaucoup de médicaments. Je pense que vous devriez faire une autopsie.

Le docteur White poussa un soupir.

— Il n'y aura pas d'autopsie. Je n'en recommanderai pas et la famille ne l'approuvera pas.

— C'est à peine si elle avait une famille. Et pourquoi n'en recommanderiez-vous pas une ?

Le docteur White s'éloigna du corps d'Anya et toucha le bras d'Ilonka.

— Parlons de cela dehors.

— Je veux qu'on en parle ici.

— Très bien, Ilonka. Quelle importance, comment elle est morte ? Vers la fin, elle souffrait le martyre. Elle ne souffre plus, désormais. Pour nous qui tenions à elle, c'est tout ce qui devrait compter.

— Mais ce n'est pas tout, rétorqua Ilonka, de nouveau en larmes. C'est important pour moi, de savoir comment elle est morte. C'était mon amie. Je ne veux pas…

Elle ne parvint pas à terminer sa phrase.

— Tu ne veux pas quoi ?

Je ne veux pas finir comme elle.

— Rien.

Ilonka déraisonnait, elle le savait. Pourtant, elle passait à côté de quelque chose, une chose plus importante encore que la possibilité qu'Anya ait pu mettre fin à ses jours par overdose médicamenteuse. C'était là, juste sous son nez, mais elle n'arrivait pas à mettre le doigt dessus.

— Il est très improbable qu'elle ait pu se tuer avec des médicaments, déclara le docteur White en la regardant.

— Comment pouvez-vous le savoir ?

— Généralement, il faut du temps pour mourir d'une overdose. Si elle est bien décédée entre deux et trois heures du matin, il aurait fallu qu'elle prenne les médicaments avant votre séance. Je suppose qu'elle était des vôtres, hier soir ?

— Oui.

— Donc, il est peu probable qu'elle se soit suicidée. Si elle avait consommé une dose mortelle de médicaments dès le matin, elle aurait été inconsciente au moment de votre séance.

Cela semblait logique. Pourtant, Ilonka demeurait en proie au doute. Elle demanda :

— Est-ce qu'on ne négligerait pas une autre piste ?

— Du genre ?

— Je ne sais pas. Je vous pose la question.

Le docteur White parut mécontent.

— Ilonka, serais-tu en train de me poser toutes ces questions parce que tu refuses d'affronter le vrai problème ? Ta voisine de chambre vient de mourir – elle était mourante depuis un certain temps. C'est un choc pour toi, surtout au regard de ton propre état de santé.

— Vous avez reçu mes résultats ? demanda-t-elle soudainement.

— Non.

Ilonka tendit le bras et prit la main d'Anya dans la sienne. Pas par envie, mais parce qu'elle sentait que c'était la chose à faire.

— J'aimais Anya, déclara-t-elle. Mais je ne le lui ai jamais dit.

— Je suis sûr qu'elle le savait, dit le docteur White avec douceur.

Ilonka secoua la tête en se rappelant ce dont Anya lui avait parlé la veille, l'histoire de Bill. Il ne servirait plus à rien de le contacter, désormais.

— Non. Je suis certaine qu'Anya Zimmerman était le genre de personne qui ignorait *totalement* qu'on puisse l'aimer.

— Il faut que je prévienne la famille qui lui reste. Je vais faire évacuer le corps aussi vite que possible.

— Où allez-vous la mettre ? demanda-t-elle par pure curiosité.

— Pour l'instant, au sous-sol.

Le médecin marqua une pause.

— Veux-tu te charger personnellement de rassembler ses affaires ?

Ilonka comprit le sens caché de la question. Ici, l'espace était précieux. Le corps et ses possessions devaient dégager de telle sorte qu'un autre mort-vivant vienne prendre sa place au plus tôt. Elle songea que la prochaine arrivante se sentirait mal à l'aise de dormir dans le lit d'une morte. Elle-même avait du mal à se faire à l'idée d'avoir passé le gros de la nuit à roupiller près d'un cadavre. Bien évidemment, avant leur arrivée ici, quelqu'un était mort dans leur lit à tous. Cela donnait à réfléchir.

— Je peux m'occuper de ses affaires, confirma Ilonka.

Le docteur White sortit. Quelques minutes plus tard, quand deux infirmières vinrent prendre en charge le corps d'Anya, Ilonka lui tenait toujours la main. L'heure des adieux – une chose difficile à faire. Les infirmières recouvrirent le corps d'un drap vert, le soulevèrent sur un brancard à roulettes et le firent sortir. Ilonka se retrouva seule avec sa souffrance. Elle ignorait si les autres membres du club étaient au courant de ce qui s'était passé. Il faudrait qu'elle aille les prévenir. *Bientôt,* songea-t-elle. *Mais pas tout de suite.*

Ilonka entra dans la salle de bains pour rassembler les affaires de toilette d'Anya – brosse à cheveux, dentifrice, ce genre de choses. Mais il n'y avait plus rien : les affaires d'Anya avaient disparu.

— Quoi ? murmura-t-elle, interloquée.

C'est impossible. Elle vient de mourir. Qui peut les avoir prises ? Juste sous mon nez ?

Il n'y avait qu'une réponse possible : personne.

Serait-ce le signe d'Anya ? Un signe de l'au-delà pour la prévenir qu'il y avait une vie après la mort ?

Non, impossible. C'est juste une question de timing, voilà tout. Une des infirmières a dû m'entendre parler de la mort d'Anya avec le docteur White devant son bureau et elle est aussitôt venue nettoyer les étagères. Ou pas ? J'étais la seule à être au courant et je ne suis restée en bas qu'une dizaine de secondes avant de remonter. Bon… Alors c'est une blague. Anya avait prévu de se suicider, elle a donc rassemblé toutes ses affaires pendant la nuit et les a planquées histoire de se foutre de moi. C'est forcément ça ! Elle a entendu mon histoire sur Delius, Mage et Shradha. C'était le meilleur moyen de me faire croire à un signe !

Le hic, c'était qu'Anya était une jeune fille gravement malade, et estropiée par-dessus le marché. Elle aurait été tout bonnement incapable de rassembler seule toutes ses affaires et de les cacher au beau milieu de la nuit. Anya ne pouvait même pas pousser toute seule son fauteuil roulant.

Alors, quoi ? Ilonka ne savait pas.

Il était temps d'annoncer la nouvelle aux autres.

CHAPITRE
6

LES NOUVELLES ALLAIENT VITE à la clinique. Les autres étaient déjà au courant de la mort d'Anya avant qu'Ilonka les ait rejoints. Les quatre membres restants du Midnight Club – Ilonka, Spence, Sandra et Kevin – s'étaient réunis dans la chambre des garçons. Ils tâchaient de se consoler les uns les autres, se répétant que c'était probablement mieux ainsi et qu'Anya avait supporté bien plus de souffrances qu'un être humain ne devrait en tolérer. Spence était le plus affecté par cette disparition. C'était la première fois qu'Ilonka le voyait pleurer. Après tout, à bien des égards, il avait été plus proche d'Anya que les autres, ce qui ne les empêchait pas de se chamailler à longueur de temps.

Dans le groupe, personne n'avoua avoir touché aux affaires d'Anya. De même, les infirmières avaient déclaré ne rien savoir à ce sujet. Ils se regardèrent les uns les autres et secouèrent la tête. Selon Ilonka, aucun d'entre eux ne mentait. Personne ne savait quoi penser. Toutefois, ils décidèrent de mener leur petite enquête afin d'en avoir le cœur net.

Puis, avant même qu'on n'évoque un signe d'outre-tombe d'Anya, une autre rumeur balaya la clinique, s'insinuant dans chaque recoin du vaste manoir. Elle avait pris racine dans le quartier des infirmières, mais Schratter bloqua l'hémorragie d'informations avant qu'elles ne puissent être vérifiées et elle déclara qu'on n'aborderait plus le sujet tant que le docteur White ne serait pas rentré – apparemment, ce dernier était parti à la recherche d'un des membres de la famille d'Anya. Il ne s'agissait pas d'une petite rumeur :

Un des patients du centre aurait été mal diagnostiqué.

Cette personne n'allait pas mourir.

Dès que la rumeur lui vint aux oreilles, Ilonka sut aussitôt que c'était d'elle qu'il s'agissait.

Dans son esprit, cela ne faisait aucun doute. D'abord, de toute la clinique, elle était celle qui avait subi des examens le plus récemment. Ensuite, elle était la seule patiente à être en attente de nouveaux résultats. En apprenant la nouvelle, la jeune femme éclata de rire. Dire que tout le monde s'était moqué d'elle quand elle avait demandé à passer une autre IRM ! Soudain, Elle se sentit libérée d'un énorme poids. Elle n'en revenait pas de se sentir aussi heureuse alors qu'Anya venait tout juste de mourir. C'était forcément elle qu'on avait mal diagnostiquée, car dès qu'elle apprit la nouvelle sa douleur baissa de manière considérable. La crampe qui lui enserrait sans arrêt le ventre se décontracta et, pour la première fois en deux mois, elle parvint à inspirer à fond sans avoir mal. Elle se rendit compte que ses douleurs avaient surtout été psychosomatiques. Elle avait hâte que le docteur White soit de retour !

Je ne vais pas mourir ! Je vais vivre ! Vivre ! Vivre !

La rumeur lui était parvenue alors qu'elle était seule dans sa chambre. Elle l'avait apprise de la bouche d'un autre patient qui faisait les cent pas dans le couloir – un type dont elle ne se rappelait pas le nom. Cependant, en contrepartie, elle se sentit aussitôt mal à l'aise vis-à-vis des membres du club, surtout de Kevin – son Kevin adoré ! Comment pouvait-elle quitter cet endroit et le laisser mourir seul ? Impossible. Elle fit le serment de rester auprès de lui jusqu'à la fin. Le docteur White comprendrait. Jamais il ne lui refuserait cela.

Ilonka fouilla de nouveau sa chambre à la recherche des affaires d'Anya, en vain.

Tout en cherchant, elle jeta plusieurs fois un coup d'œil par-dessus son épaule.

Elle ferma la fenêtre. Il y avait comme un courant d'air froid dans la pièce.

Finalement, aux alentours de quinze heures, la jeune femme retourna voir Kevin dans sa chambre. Elle le découvrit seul, allongé sur son lit, en train de feuilleter les croquis d'un énorme carnet de dessins. Il tenait un stylo dans la main droite – manifestement, il n'était pas occupé qu'à feuilleter des dessins. Mais Ilonka n'eut pas la chance de voir ce qu'il dessinait, car il referma son carnet à la seconde où elle entra dans la chambre. De toute évidence, Spence devait être sorti poster une longue missive à sa bien-aimée Caroline. D'après Kevin, il lui écrivait sans cesse ; rédiger ces lettres lui prenait la moitié de ses journées.

— C'est bien qu'il ait quelqu'un, souligna Ilonka en s'asseyant en face de Kevin sur le lit de Spence.

— Ouais, répondit-il, l'air songeur.

Après un moment d'hésitation, Ilonka dit :

— J'aimerais qu'on parle de ce que j'ai dit à Kathy.

— J'aurais dû avoir cette conversation avec elle il y a longtemps déjà. Tu m'as épargné un vrai traumatisme.

— J'ai rué dans les brancards comme une conne. Il aurait fallu lui annoncer avec délicatesse.

— Pour le bien d'une personne, il faut parfois faire preuve de cruauté.

— J'imagine que tu lui as parlé ?

— Oui.

— Elle revient bientôt te voir ?

— Je ne pense pas, non.

— Je n'avais aucun droit de faire ça.

Kevin leva la main :

— C'est pas grave, je t'assure. N'en parlons plus.

Il secoua la tête et reprit :

— Je n'arrive pas à me faire à l'idée qu'Anya ne sera pas là ce soir. Ce ne sera plus pareil sans elle.

— Tu crois qu'on doit maintenir la séance ?

— Je pense que c'est ce qu'Anya aurait voulu. Peut-être qu'elle nous fera un nouveau signe !

— Tu crois qu'elle nous en a déjà fait un ?

Kevin la dévisagea avec étonnement.

— Qu'est-ce que tu en penses, *toi ?* Cette histoire de signe vient d'une de tes histoires…

— Je suis curieuse.

— Sans plus ?

— Ça fait beaucoup à encaisser d'un seul coup. Je n'ai pas vraiment eu le temps d'y réfléchir.

Elle marqua une pause et demanda :

— Tu as entendu la rumeur ?

— Comme quoi l'un d'entre nous n'est pas en phase terminale ? Oui, et on dirait que c'est plus qu'une rumeur. Je comprends que tout le monde attende de savoir de qui il s'agit.

— Kevin...

— Oui ?

— C'est moi.

Son visage s'illumina.

— Sérieux ? Le docteur White te l'a dit ? Je ne savais pas qu'il était revenu.

— Il n'est pas encore revenu, mais je sais que c'est moi. Qui ça pourrait être d'autre ?

L'expression de Kevin s'assombrit.

— Ilonka, tu ne crois pas que tu tires des conclusions un peu trop hâtives ?

Elle rigola.

— Pas si hâtives que ça ! Regarde : je suis allée faire une IRM hier. Les résultats devaient arriver aujourd'hui. Et tout à coup voilà qu'un des patients de la clinique n'est pas en phase terminale !

Kevin hocha la tête.

— J'avoue, c'est une possibilité. Je croise les doigts pour toi.

Il détourna le visage et fixa la fenêtre. Elle était fermée, mais les rideaux étaient grands ouverts. Comme d'habitude, la chaleur régnait dans la chambre.

— J'adorerais revoir l'océan, déclara Kevin.

Ilonka désigna sa jambe gauche.

— Toujours engourdie ?

— Pas autant qu'hier. À un moment, en plein milieu de la nuit, on dirait qu'elle s'est réveillée. En tout cas en partie.

Kevin réfléchit un instant, puis demanda :

— Ça te dirait une petite balade avec un éclopé ?

Ilonka sourit.

— J'irai n'importe où avec toi, et avec plaisir. Tu pourras prendre appui sur moi. Je reviens dans une minute, dit-elle en se levant. Le temps de prendre mon manteau. Emmitoufle-toi bien.

Dix minutes plus tard, ils marchaient le long de la vaste étendue herbeuse menant au bas de la falaise rocailleuse. Le temps était maussade – grisaille et bourrasques. Les vagues étaient déchaînées. Le ressac les aspergeait jusque sur la pelouse. Se promener avec Kevin n'était pas de tout repos. Bien que sa jambe gauche aille mieux, il prenait tout de même à moitié appui sur Ilonka pour se déplacer. Finalement, il indiqua un gros rocher sur lequel ils allèrent s'asseoir. Kevin frissonnait.

— On ne devrait pas trop traîner, dit-elle en lui resserrant son écharpe.

Il désigna la mer déchaînée.

— C'est dingue, pas vrai ? Le pouvoir de la nature… Tu sais, parfois je me désole que ma vie doive s'abréger si tôt, puis je regarde l'océan et je me dis que le monde existe depuis plus de quatre milliards d'années. Même si un homme ou une femme vit jusqu'à cent ans, sa vie n'est qu'un bref éclair en comparaison. Du coup, je relativise. Le simple fait d'avoir fait partie de ce monde est un honneur.

Il prit une profonde inspiration et scruta la côte avant d'ajouter :

— C'est un très beau monde.

— Quelque chose te manque ? demanda Ilonka. Quelque chose de spécial ?

Il hocha la tête :

— Ça me manque, de ne plus avoir assez d'énergie pour peindre, pour courir ou aller au lycée. J'aimais vraiment me lever le matin pour aller en cours. Ça doit sembler bizarre, mais j'adorais étudier.

— Non, ça ne me semble pas bizarre. Autre chose ?

Il sourit et se mit à rougir.

— En gros, les mêmes choses qui manquent à Herme depuis qu'il n'est plus un ange.

— Alors, c'est toi Herme ? Et tu as dit que j'étais Teresa !

— Je n'ai jamais dit ça.

— Tu m'as tout de même comparée à une connasse infidèle ! Mais je te pardonne.

Elle marqua une pause.

— Alors ce qui te manque… c'est l'amour d'une fille ?

Il éluda quelque peu la question :

— Tu es la raison pour laquelle je raconte cette histoire.

Ilonka fut estomaquée.

— Sérieux ? Et je suis censée en tirer une sorte de morale ?

— Je n'ai pas dit ça non plus. C'est juste que cette histoire me fait penser à nous, précisa-t-il avec un haussement d'épaules.

Incrédule, la jeune femme cligna des yeux. Elle n'était pas certaine d'avoir bien entendu.

— Toi et moi ?

Kevin la regarda.

— Oui.

Alors je lui plais ! Je l'aime. Peut-être qu'il m'aime aussi ?

Ilonka tendit la main vers lui et passa les doigts dans sa chevelure. En cet instant, avec le regard de Kevin plongé dans le sien, elle se sentit totalement heureuse, plus heureuse qu'elle ne l'avait jamais été de toute sa vie.

— Moi, je t'aurais laissé peindre tout ce que tu voulais, souligna-t-elle.

— J'aurais adoré te peindre.

Ilonka sourit.

— C'est moi que tu dessinais quand je suis entrée dans la chambre, tout à l'heure ?

— Non. C'était un croquis du visage de ton Maître.

Elle eut un hoquet de stupéfaction.

— Mais comment sais-tu à quoi il ressemble ?

— Je crois que je le sais. Il change d'une vie à l'autre, mais au fond il reste toujours identique.

Il serra sa main et continua :

— Quand tu racontes tes histoires, je les revis avec toi. Je me suis souvenu de Delius et de Padma comme si elles avaient été assises à mes côtés au coin du feu dans la salle d'étude.

Ilonka partit d'un petit rire émerveillé :

— C'est plutôt de Shradha et Dharma que tu devrais avoir des souvenirs ! Tu es supposé être…

Elle s'interrompit juste à temps avant de reprendre :

— Je veux dire, tu es bien plus proche d'eux que des deux autres.

L'air stupéfait, Kevin continua de la dévisager.

— Je ne sais pas, lâcha-t-il en ricanant.

— Tu ne sais pas quoi ?

— Je ne m'en doutais pas un seul instant !

Kevin se détourna de son visage et fixa à nouveau l'océan. Il toussa, envahi de frissons à cause du froid.

— J'ai une faveur à te demander, reprit-il. Ce ne sera pas marrant, mais j'apprécierais vraiment que tu me rendes ce service.

— Tout ce que tu veux.

— J'ai dit à mes parents que je voulais être incinéré et ils ont donné leur accord. Par contre, ils veulent que mes cendres soient enterrées quelque part et c'est hors de question. Je refuse que ma mère aille se lamenter dans un cimetière. Cela ne lui fera aucun bien. D'ailleurs, je ne veux même pas qu'elle sache où mes cendres seront dispersées. J'ai demandé à ce qu'elles te soient confiées.

Elle fut bouleversée d'entendre cela.

— Moi ?

— Oui. J'aimerais que tu les apportes ici, déclara-t-il avec un geste en direction de la falaise et des vagues. J'aimerais que tu les jettes dans la brise, juste au-dessus de l'eau. Je veux être emporté par le vent et c'en sera terminé.

Ilonka avait les larmes aux yeux :

— Mais ce n'est pas terminé ! Tu vas peut-être t'en sortir.

Kevin la fixa.

— Je ne m'en sortirai pas. Je serai mort bientôt. Rien ne peut l'empêcher. C'est une réalité et il vaut mieux s'y résigner. Ce n'est pas ce que ton Maître t'a dit ?

Elle renifla :

— Plus d'une fois, je crois, confirma-t-elle avant de hocher la tête. C'est d'accord, Kevin. Je ferai ça pour toi. Est-ce que je pourrai chanter quelque chose ? J'aime chanter.

— Chante-moi quelque chose maintenant, pendant que je peux encore t'entendre.

— Mais, avec tout ce vent… tu ne vas rien entendre du tout.

— C'est pas grave. De toute façon, je suis sûr que tu chantes comme une casserole.

Elle lui flanqua une petite bourrade.

— Peut-être que tu peins comme un ange, mais moi, j'ai la voix d'un ange !

— Alors, vas-y.

Elle lui prit le bras :

— Non. Plus tard. Pour l'instant, il faut que tu rentres. Tu trembles comme une feuille.

Ilonka raccompagna Kevin jusqu'à sa chambre. Elle avait l'impression d'être au sommet du monde alors que son petit ami se tenait aux portes de la mort. Mais, au moins, elle pouvait le définir comme son petit ami. *C'est juste que cette histoire me fait penser à nous.* « Nous ». Il n'aurait pas pu choisir de mot plus fort que celui-là.

En même temps, Ilonka se sentait parfaitement ridicule.

Alors comme ça, c'est ton mec maintenant ? Mais il ne t'a même pas embrassée. Sans compter qu'il sera mort d'ici quelques jours. Donc, il ne faut pas trop y compter. D'ailleurs, tu ne devrais compter sur rien du tout, à part chanter pour ses funérailles.

Elle regretta de ne pas lui avoir chanté quelque chose quand il le lui avait demandé.

Tandis qu'elle regagnait sa chambre, Ilonka passa devant celle de Sandra. Elle passa la tête par l'entrebâillement de la porte pour lui faire un petit coucou. Mais ses paroles moururent sur ses lèvres et elle exhala un soupir. Un grand sourire sur le visage, Sandra allait et venait dans sa chambre en chantonnant et en rangeant ses affaires dans une valise grande ouverte sur le lit.

On ne faisait pas sa valise, à Rotterham.

Une infirmière la faisait pour vous.

Après votre décès.

Ilonka s'éloigna discrètement de la chambre de Sandra. Un souffle glacé descendit vers sa poitrine et s'insinua dans son cœur jusqu'à ce que le sang qu'il pompait se mue en éclats gelés qui se frayèrent un chemin dans ses veines étroites et les déchirèrent. Oui, elle se sentit tout à coup victime de la pire des hémorragies. À reculons, elle heurta Spence.

— Salut, Ilonka, dit-il.

Elle se tourna vers lui :

— Est-ce que le docteur White est rentré ?

— Ouais, il est dans son bureau. T'es au courant pour…

Elle n'attendit pas la fin de sa question. Elle remonta le couloir en courant jusqu'au bureau du docteur White, oubliant qu'elle souffrait et qu'elle n'avait pas couru depuis un an. Elle arriva à l'étage du docteur en suffoquant. Elle ne prit même pas la peine de frapper et entra en trombe dans son bureau. Le médecin était assis derrière son bureau, en train de consulter des papiers. Il leva les yeux vers Ilonka, qui demanda :

— C'est moi ? Ou bien c'est Sandra ? Qui c'est ?

Le docteur White se leva et l'invita à prendre place sur une des deux chaises devant son bureau.

— Du calme, Ilonka. Assieds-toi.

Les poings serrés, elle traversa le bureau à grandes enjambées.

— Je ne veux pas me calmer ! Je veux vivre ! Répondez-moi. Qui a été mal diagnostiquée ? Moi ou Sandra ?

Il la regarda droit dans les yeux et répondit :

— C'est Sandra. Il existe plusieurs formes de la maladie de Hodgkin. Son médecin a fait une erreur. Elle ne souffre pas d'une forme mortelle. Elle quitte la clinique dès aujourd'hui.

Toujours haletante, Ilonka hocha la tête.

— Très bien. Super. C'est génial ! Je suis contente pour elle. Vous avez reçu mes résultats ?

Le docteur White réitéra son invitation :

— Je t'en prie, Ilonka, prends un siège.

— Je n'ai pas envie de m'asseoir ! Dites-moi la vérité et qu'on en finisse !

Le médecin piocha un des documents sur son bureau :

— On m'a faxé les résultats il y a quelques instants. J'allais t'envoyer chercher. Ils ne sont pas encourageants. Les tumeurs se sont propagées. La rate et le foie sont sévèrement touchés. On a aussi repéré des taches au niveau des poumons.

Il reposa le document.

— Je suis désolé, Ilonka.

Elle continua de hocher la tête :

— D'accord. Et ça veut dire quoi ? Que je vais mourir ? J'imagine que c'est ça que vous êtes en train de me dire. Très bien. Combien de temps ?

— Ilonka...

— Combien de temps, bon Dieu de merde ?

Le docteur White poussa un soupir :

— Deux semaines, peut-être.

Elle n'arrivait pas à reprendre son souffle.

— Peut-être, répéta-t-elle. Deux semaines, deux jours... et pourquoi pas deux ans ? Vous savez tout ce que je pourrais faire en deux ans ? Je pourrais avoir une vie. Faire des études et apprendre à chanter. Trouver un boulot et aider les gens qui sont dans le besoin. Je pourrais avoir un copain ! J'ai jamais eu de copain, vous savez ? Je suis encore vierge ! Vous y croyez, par les temps qui courent ? Je vais mourir vierge !

Sa voix se brisa :

— Je vais mourir...

— Ilonka...

Le docteur White contourna vivement son bureau pour la réconforter, mais elle le repoussa aussitôt. Elle n'en supporterait pas davantage.

— Je ne suis pas Ilonka ! Je ne suis qu'un cadavre qui attend son heure ! Foutez-moi la paix !

Elle s'enfuit de son bureau à toutes jambes, sans aucune idée d'où elle allait. Elle dépassa le quartier des infirmières, puis les murs couverts de tableaux. Elle parcourut ce qui lui semblait être un long tunnel, obscur et infini. Elle n'aurait pas dû être surprise de terminer sa course dans l'endroit le plus sombre de toute la clinique de Rotterham :

Le sous-sol.

L'endroit où on conservait les corps avant d'en disposer.

Quand elle reprit conscience, elle était auprès d'Anya.

Sa chère amie avait été mise dans un sac mortuaire vert.

Une étiquette portant son nom pendait sur le côté.

Empaquetée et prête à être livrée au néant.

Soudainement, il n'y eut rien de plus important au monde pour Ilonka que de découvrir ce qu'il était advenu des affaires d'Anya. Elle étreignit le sac mortuaire et le serra tout contre sa poitrine en sanglotant.

— Est-ce que tu es là ? Reste-t-il quoi que ce soit de toi ?

Dieu, pourquoi ? Pourquoi nous donner la vie si c'est pour nous la reprendre ?

— Il n'y a rien du tout, murmura-t-elle au sac mortuaire.

Ilonka ignorait combien de temps elle était restée là, à étreindre le corps d'Anya. Mais, au bout d'un moment, elle eut conscience d'une main posée sur son épaule. Elle fit volte-face et vit que c'était celle de Kevin. Ses yeux marron étaient chargés d'une telle compassion qu'elle eut l'impression d'être touchée au cœur par les mains lumineuses d'un ange. Mais il garda le silence. Il lui prit la main et la raccompagna jusqu'à sa chambre au deuxième étage, boitant tout du long mais sans jamais prendre appui sur elle. Il l'aida à se mettre au lit, puis le docteur White entra et lui fit une piqûre dans le bras. L'aiguille de la seringue était froide, mais le liquide qu'elle injectait était chaud. La chaleur se répandit dans son corps et elle fut envahie d'une intense envie de dormir. Tandis qu'elle sombrait, Kevin resta à ses côtés. Son visage fut la dernière chose qu'elle vit, et le premier visage qui lui vint en rêve fut celui de son Maître.

— *Maître, demanda-t-elle, c'est comment, de mourir ?*

— *Pourquoi poses-tu cette question ? Chaque nuit, tu vas dormir. Tu t'endors sans savoir qui tu es. Puis, chaque matin, tu te réveilles.*

— *Mais, quand je m'endors, je sais que je finirai par me réveiller. Quand je mourrai, je ne saurai pas si je renaîtrai. N'est-ce pas ?*

— *Le vrai toi ne renaît jamais, pas plus qu'il ne meurt. Mais le corps et la personnalité sont deux choses bien distinctes. Tu penses n'être que ce corps-là et cette personnalité-ci… Tu te vois comme une personne à la langue bien pendue, séduisante, avec de longs cheveux bruns. Sauf que ces choses ne te définissent pas. Ces choses changent constamment. Mais le vrai toi ne change jamais. Celui qui est éclairé parle rarement de naissance et de renaissance. Seul compte pour lui l'instant présent. Si tu es pleinement vivante en ce moment, alors c'est suffisant. Tu n'as pas à penser à la mort. La mort se présentera quand viendra l'heure. Nous ne devons pas aller au-devant d'elle. Tu ôteras une tenue pour en enfiler une autre. Pas de quoi s'inquiéter.*

— Mais je ne veux pas mourir. La mort me fait peur.

— Tiens-tu à conserver la même personnalité pour toute l'éternité ?

Cette question lui arracha un éclat de rire.

— Avant de parler d'éternité, j'aimerais au moins pouvoir profiter de cette personnalité-là !

Le Maître se joignit à son hilarité :

— Tu en tireras le meilleur et tu verras qu'elle cesse d'exister. Tu vois en moi quelqu'un de sage et de puissant. Je vais te dire une chose : je ne suis personne. C'est ce qui me permet de comprendre tout un chacun. Je suis comme le soleil : je brille sur tout le monde de la même manière. Toi aussi, tu es le soleil. Tu n'es pas ce corps-là ou cette personnalité-ci. Quand viendra l'heure de la mort, souviens-t'en et tu n'auras pas peur. C'est un grand secret que je te confie.

Il marqua une pause et reprit son sérieux :

— Et n'oublie pas : quand cela arrivera, je serai à tes côtés.

CHAPITRE
7

ILONKA S'ÉVEILLA DANS L'OBSCURITÉ. Elle sentit la présence de Kevin avant même d'ouvrir les yeux ou d'entendre le moindre son.

Elle demanda :

— J'ai été dans les vapes longtemps ?

— Il est bientôt minuit, répondit Kevin.

Elle ouvrit les paupières et se tourna sur le côté. Dans sa robe de chambre rouge à carreaux, Kevin était assis sur le lit d'Anya, soutenu par des oreillers ; il n'était pas habillé pareil qu'au moment où le docteur White lui avait administré le sédatif. Il devait être retourné dans sa chambre pour se changer entre-temps. À travers les rideaux vaporeux filtrait un filet de clair de lune qui se reflétait sur le sol, lui permettant de discerner vaguement son visage.

— C'est l'heure d'une nouvelle séance, dit Ilonka.

— Je doute qu'il y en ait une ce soir. Anya n'est plus là, et Sandra… eh bien, elle est partie aussi. Elle est venue te dire au revoir, mais tu dormais. Elle m'a dit de te dire qu'elle écrirait.

— Elle ne s'est pas attardée ici, hein ? J'imagine que je ne peux pas lui en vouloir.

La jeune fille se redressa :

— Merci d'être resté, Kevin. Si tu veux retourner dans ta chambre, je comprendrai.

Kevin haussa les épaules.

— Si ça ne te fait rien, j'aimerais rester discuter avec toi.

— De quoi veux-tu qu'on parle ? De la scène que j'ai faite cet après-midi ? Je me suis couverte de ridicule. Tu as essayé de me prévenir, j'aurais dû t'écouter.

— Tu es trop dure envers toi-même, Ilonka. Tu as droit à l'erreur. Comme tout le monde.

— Sauf que je commets les mêmes erreurs en boucle. Et ce n'est pas une bonne chose. C'est ce que dirait le Maître dont je t'ai parlé.

— Tu étais en train de rêver de lui ?

— Oui. Comment tu le sais ?

— Parce que j'ai piqué du nez pendant que tu dormais et je crois que j'ai rêvé de lui, moi aussi. Mais je ne me souviens pas de grand-chose, juste que c'était fantastique d'être assis à ses côtés.

— Moi, je me souviens de mon rêve. Il m'a parlé de la mort et dit qu'il ne fallait pas en avoir peur.

— Tu as peur de mourir ?

— Oui, d'autant que c'est pour bientôt, maintenant. Tu n'as pas peur, toi ?

Kevin sourit :

— Pas depuis que tu as raconté tes histoires.

— Arrête, je suis sérieuse.

— Mais moi aussi. Je te l'ai dit, j'ai l'impression d'avoir vécu ces événements avec toi. Et je sens aussi que, lorsque je quitterai ce corps, je vais me retrouver ailleurs.

Une douleur lancinante frappa Ilonka au ventre. Le foie, la rate… des taches sur ses poumons. Quelles parties de son corps le cancer n'avait-il pas encore dévorées ? Ce n'était pas qu'une douleur passagère. Ilonka eut soudain du mal à respirer. Kevin se leva et vint s'asseoir à côté d'elle. Le jeune homme lui présenta une poignée de cachets blancs. Il y avait un verre d'eau sur la table de nuit.

— De la morphine, précisa-t-il. C'est Spence qui m'en a donné. Deux cachets, c'est déjà une grosse dose.

— Je crois que ce ne sera pas de trop.

Elle prit deux comprimés et les avala à l'aide d'une gorgée d'eau.

— Merci, dit-elle. Je suppose que je peux oublier la phytothérapie. À partir de maintenant, ça va être narcotiques à toutes les sauces.

— Tu as essayé. C'est tout ce qui compte.

— Non. Ce qui compte, c'est que je me suis voilé la face.

— Ilonka…

— Je sais, c'est pas si terrible. Mais je ne me sens quand même pas au top. J'ai toujours cru que je l'étais. Je me demande si les gens envisagent leur vie comme j'ai envisagé la mienne. J'observais les autres, leurs erreurs, et je me disais que jamais je ne serais assez bête pour les reproduire. Que j'allais laisser mon empreinte sur le monde. Mais regarde-moi, Kevin : seules quelques personnes connaissent mon nom ; seule une poignée d'entre elles sait que je suis mourante et, quand je serai morte, on m'oubliera.

— Je ne t'oublierai pas, moi.

Ilonka sourit faiblement.

— Tu veux dire dans l'au-delà ? Je l'espère. Peut-être que tu deviendras un ange et que, quand je quitterai mon corps, tu viendras m'offrir des ailes.

— Je ne sais même pas si Herme a eu des ailes.

— Tu sais, Anya tenait vraiment à ce que tu finisses ton histoire hier soir. Je crois qu'elle sentait que sa fin était proche.

Comme Kevin ne répondit rien, elle s'empressa d'ajouter :

— Je n'ai pas dit ça pour que tu culpabilises ! Ton histoire est si captivante…

Elle lui prit la main et ajouta :

— Il est bientôt minuit. Tu veux bien me raconter la dernière partie du *Miroir magique* ?

— Mais, et Spence ?

— Tu lui raconteras plus tard.

Kevin réfléchit un instant.

— Peut-être que je vais te la raconter maintenant. Mais, avant, je peux te prendre un peu d'eau ? ajouta-t-il en désignant son verre d'eau.

— Bien sûr.

Kevin sirota une gorgée, emprunta un oreiller à Ilonka et s'installa le plus confortablement possible sur son lit.

Il semblait ne plus avoir de force ni dans le dos, ni dans aucune autre partie de son corps. Il s'éclaircit la voix et commença son récit. Sa voix était douce et rauque à la fois. Le jeune homme devait consommer beaucoup de morphine.

— Après avoir frôlé le suicide, Herme quitta le pont mais il ne rentra pas chez lui. Cela n'avait aucun intérêt. Il déambula dans les rues jusqu'au petit matin, peu avant l'aube. Puis il prit la décision de se trouver un emploi sans aucun lien avec le monde de l'art. Il avait le sentiment qu'en s'obstinant dans la peinture il avait vécu dans le même petit monde étriqué qu'il avait connu au musée et, même s'il espérait retrouver les joies que lui procurait son existence angélique, il voulait également aller plus loin. Il était persuadé que, si Dieu avait autorisé qu'il devienne mortel, c'était pour qu'il puisse se dépasser. Herme allait profiter de la vie, de toutes les manières possibles.

» C'est ainsi qu'il devint chauffeur de taxi. Le hic, c'est qu'il n'avait pas le permis de conduire. En revanche, il possédait un faux passeport américain que Teresa lui avait fait fabriquer à Paris. Grâce à cela, il obtint un permis temporaire et un poste de chauffeur de taxi. La compagnie l'assigna aux horaires de nuit, ce qui lui convenait très bien. Entre les embouteillages et les clients étranges, être chauffeur de taxi à New York n'est pas une sinécure. Mais rencontrer des gens était justement ce qu'Herme préférait. Vivre avec Teresa l'avait en quelque sorte coupé du monde. En tant que chauffeur de taxi, il fréquentait aussi bien le meilleur que la lie de l'humanité. Avec le temps, sa douloureuse histoire avec Teresa s'estompa, mais il ne se passait pas un jour sans qu'il pense à elle. Il l'aimait toujours, vois-tu. Mais il n'avait jamais été tenté de reprendre contact, car il savait que son amour pour elle n'était pas suffisant. Tout comme lui, Teresa devait mener sa propre vie et évoluer de son côté. Herme comprenait qu'il avait été toxique pour elle à bien des égards. Il l'avait rendue dépendante de lui et, pareillement, lui-même s'était retrouvé à la coller sans arrêt. Mais il lui souhaitait de trouver le bonheur, que tout le monde le trouve. Chaque client qu'il conduisait à destination lui remontait un peu le moral. Transmettre quotidiennement du bonheur aux gens tout en travaillant suffisait largement au sien. Parfois, il se demandait si ce n'était pas la raison de sa présence sur cette terre : apprendre à donner constamment de l'amour aux autres.

» Mais, au bout de cinq ans, Herme quitta New York et partit vivre dans la région des Rocheuses, dans le Colorado. Il devint garde forestier dans un parc naturel et, lorsqu'il n'était pas en service, il s'aventurait au plus profond des bois et installait un bivouac pour dormir à la belle étoile. La nature et la solitude étaient tout ce qu'il désirait. Pourtant, au fond de son être, une partie de lui demeurait incomplète, probablement toujours à la recherche du compagnon humain idéal, ou d'autre chose.

» Une de ses collègues lui plaisait beaucoup. Elle s'appelait Debra et c'était la plus adorable personne qu'Herme ait jamais connue. Ils passèrent beaucoup de temps ensemble et il ne fallut pas longtemps pour qu'elle emménage chez lui. Pour Debra, être avec Herme, c'était comme vivre dans un rêve. C'était l'homme le plus gentil et le plus drôle qu'on puisse s'imaginer – Herme s'était forgé un sacré sens de l'humour depuis qu'il avait quitté le Louvre. Un jour, après six mois de vie commune, Debra lui demanda sa main. Herme fut flatté et ne put décemment pas refuser. Ainsi, une date fut fixée : Herme allait enfin devenir un homme marié.

» Une semaine avant la cérémonie, un gigantesque incendie se déclara dans les bois et Herme fut envoyé aux confins de la forêt, où il découvrit une famille prisonnière des flammes. Avec courage, il s'élança à travers le cercle de feu pour la rejoindre et le feu se referma aussitôt sur lui. Mais Herme parvint à trouver une échappatoire pour sauver la famille : une descente le long d'un pic rocheux. C'était la seule issue possible. D'abord, la famille fut effrayée mais elle changea d'avis en voyant les flammes se rapprocher. Équipé d'une corde et de matériel d'escalade, Herme fit d'abord descendre la femme et les enfants. Mais, quand il remonta chercher le mari, il y eut un problème : le sens du vent avait changé et le feu progressait dangereusement. Il était à mi-chemin de la falaise lorsque les flammes léchèrent la corde et la fumée commença à s'élever. Herme voyait la corde se consumer au-dessus de lui et il tenta de se raccrocher aux parois rocheuses. Mais ce n'était pas suffisant. La corde se consuma et Herme fit une chute de trente mètres. Il atterrit sur un rocher en contrebas et se brisa le dos.

» Il ne reprit connaissance qu'au bout de quelques jours, dans un hôpital de Denver. Debra était à son chevet et elle lui annonça que le mari n'avait pas survécu à l'incendie. Il apprit également qu'il resterait paraplégique jusqu'à la fin de ses jours. Herme accusa violemment le coup, car l'une de ses plus grandes joies en tant que mortel était de pouvoir se déplacer, de *sentir* la terre – une chose qui lui était interdite en tant qu'ange.

» Debra se montra dévouée – elle jura de rester auprès de lui, quelles que soient les épreuves. Mais Herme pensait qu'elle ne méritait pas de vivre avec un mari handicapé. Cela lui brisa le cœur, mais il refusa de revoir Debra. Elle lui passa des coups de fil et lui écrivit pendant toute sa convalescence, mais il continua de l'ignorer. Avec le temps, Debra finit par renoncer à lui et Herme se retrouva à nouveau seul.

» Herme était à terre, mais pas vaincu pour autant. Au bout d'un moment, il put quitter l'hôpital dans un fauteuil roulant. Le personnel soignant lui avait fait forte impression et il envisagea de devenir médecin. C'était une décision cruciale. Herme n'était plus un jeune homme et la paraplégie avait réduit son espérance de vie. De plus, il avait tout à apprendre. Avant de pouvoir entrer à l'école de médecine, il fallait suivre quatre années d'études préparatoires. Par chance, comme il avait été blessé dans l'exercice de ses fonctions, l'État lui versait une pension d'invalidité.

» Mais Herme était déterminé et, après neuf années d'études, il devint officiellement médecin. Bien que l'école de médecine l'ait lourdement endetté, il décida tout de même d'exercer dans un hôpital public où l'on délivrait des soins aux pauvres et aux sans-abri. À cette époque, il vivait à Los Angeles, dans un appartement miteux situé au dernier étage d'un immeuble dont l'ascenseur pouvait à peine contenir son fauteuil roulant. Mais il s'en satisfaisait. Il n'était pas aussi heureux que lors des années ayant suivi son départ du Louvre, mais il était content de pouvoir rendre service à l'humanité. Sa santé était son principal souci. Les personnes paraplégiques souffrent souvent de défaillances rénales et Herme n'était médecin que depuis quelques années lorsque ses reins commencèrent à le trahir. L'ennui, c'était qu'Herme ne prenait pas assez soin de lui. Il passait tellement de temps à s'occuper des autres qu'il négligeait la qualité de son alimentation et ne s'hydratait pas assez. Au bout d'un moment, il dut subir une dialyse, ce qui le ralentit encore davantage. Pourtant, il continua inlassablement à travailler, alors même que ses cheveux commençaient à blanchir et à se clairsemer. Herme avait été un ange, il ne craignait pas la mort, mais, s'il devait bientôt quitter ce monde, ce serait avec regret. Il ignorait pourquoi. Après tout, il avait vécu au mieux de ses capacités.

» Un soir, alors qu'il s'apprêtait à quitter la clinique, une femme à l'agonie fut admise dans son service. Apparemment, c'était une SDF atteinte d'une grave pneumonie. Elle s'étouffait littéralement avec le contenu de ses poumons. Herme l'ausculta et lui fit une prise de sang.

La femme était sale et vêtue de haillons. À cause de ça – et aussi des multiples lésions sur son visage émacié –, il ne la reconnut pas immédiatement. Mais, dès que les infirmières l'eurent nettoyée, Herme vit qu'il s'agissait de Teresa.

» Il fut très heureux de la revoir, mais aussi profondément triste car elle était très malade, elle délirait à moitié et la vie lui en avait manifestement fait baver. Sans plus attendre, Herme lui prescrivit un traitement. Par chance, les médicaments agirent très vite sur la pneumonie et la fièvre baissa en une journée. Mais les symptômes persistaient et, après une batterie d'examens, Herme comprit que Teresa était séropositive. La pneumonie n'avait pas été provoquée par une bactérie mais par une parasitose très courante chez les patients atteints du sida. Elle allait mourir et il ne pouvait rien faire pour la sauver.

» À la clinique, Herme portait sur sa blouse un badge où ne figurait que son nom de famille – un faux nom qu'il avait inventé. Teresa n'avait donc pas la moindre idée de l'identité de son médecin et Herme en fut aussi soulagé qu'attristé. En effet, il ne l'avait jamais oubliée et, comme elle semblait l'avoir effacé de sa mémoire, Herme se dit que leur histoire ne devait pas représenter grand-chose à ses yeux. Cela le chagrinait. Naturellement, il était bien conscient de ne plus être le jeune homme qui avait si bravement quitté le Louvre. Cela dit, il était rassuré qu'elle ne le reconnaisse pas. Teresa était le premier grand amour de sa vie et ils ne s'étaient pas séparés en très bons termes. Il n'aurait pas su quoi lui dire.

» Toutefois, il continua à lui prodiguer des soins, restant parfois après sa garde pour lui rendre quelques services – lui masser le dos, lui apporter de quoi écrire, de quoi lire et de quoi écouter de la musique. Une fois la fièvre dissipée, Teresa put de nouveau s'exprimer normalement et elle se montra aimable envers lui en toutes circonstances. Mais sa grande détresse et sa dépression ne faisaient aucun doute. Au fil des jours, Herme parvint à la convaincre de se confier à lui. Ainsi, il apprit qu'elle avait été mariée à deux reprises et était mère de deux enfants. Mais ces deux mariages s'étaient mal terminés et un de ses enfants avait péri dans un accident de la route. Cette tragédie l'avait plongée dans un cercle vicieux dont elle n'était jamais parvenue à sortir. Tombée dans l'alcool, elle avait perdu son emploi, sa maison, puis tout le reste avant de se retrouver à la rue. En l'écoutant, Herme dut contenir ses sanglots, songeant que, s'ils étaient restés ensemble, les choses auraient pu être différentes, un sentiment renforcé lorsque Teresa mentionna un épisode de sa jeunesse. Herme l'avait jugée un peu trop vite.

» – J'ai rencontré ce garçon à Paris, dit-elle. J'étais une toute jeune femme à l'époque. C'était un artiste et il travaillait au Louvre – vous savez, ce musée où sont exposées les toiles de Léonard de Vinci et de Raphaël ? Je suis tombée amoureuse de lui au premier regard. Il était si timide quand on s'est rencontrés – j'ai presque dû le tirer par le bras pour qu'il accepte de sortir de ce musée ! Dès le début, nous étions inséparables. Il gagnait sa vie en tant que portraitiste et il a même ouvert son propre studio. Nous vivions ensemble et il prenait bien soin de moi. Puis on a déménagé à New York et tout est allé de travers. Il ne voulait plus peindre de portraits, nous avions peu d'argent et j'ai commencé à paniquer. C'est alors que j'ai rencontré cet autre homme avec qui j'ai eu une aventure. Un jour, ce qui devait arriver est arrivé : mon petit ami est rentré et nous a surpris.

» Teresa poussa un soupir avant de conclure :

» – Il a tourné les talons et il est parti. Je ne l'ai plus jamais revu.

» Entendre Teresa parler de cette nuit fatidique ramena Herme des années en arrière. Il la regarda fixement, sans savoir quoi dire. C'est alors qu'il comprit qu'il n'avait aucune rancune à son égard et il en fut rassuré.

» Herme s'exprima d'une voix rassurante :

» – C'est un souvenir pénible pour vous.

» Elle renifla.

» – Je n'ai jamais eu l'occasion de lui dire à quel point je regrettais ce que j'avais fait et combien il était merveilleux.

» Un sourire illumina son visage :

» – Je vous ai dit combien il était talentueux ? Ses peintures étaient… époustouflantes ! Il aurait pu devenir l'un des plus grands artistes au monde. Au fil des ans, j'ai guetté son travail, mais j'attends toujours. J'ignore ce qu'il est devenu.

» Son sourire s'évanouit et Herme demanda :

» – Qu'y a-t-il ?

» – Rien du tout, répondit-elle avant de commencer à pleurer. Docteur, je vous raconte tout ça alors que je ne me rappelle même pas à quoi je ressemblais à l'époque !

» – Je suis sûr que vous étiez très belle.

» – Je ne saurais le dire.

» – Peut-être que vous le reverrez. Et alors vous pourrez lui dire ce que vous ressentez.

» Teresa secoua la tête :

» – Je refuse qu'il me voie dans cet état.

» Elle s'interrompit abruptement et regarda autour d'elle :

» – Comment se fait-il qu'il n'y ait aucun miroir dans cette chambre ?

» Herme avait profité des délires fiévreux de Teresa pour retirer tous les miroirs de la chambre. Il ne tenait pas à ce qu'elle découvre à son réveil qu'un cancer de la peau lui rongeait le visage – il se rappelait combien elle aimait s'admirer dans la glace. De plus, elle commençait à perdre ses cheveux à cause du traitement et elle était presque entièrement chauve. Quand elle réclama un miroir, Herme commença par refuser mais, devant son insistance, il consentit à lui en apporter un le lendemain. Herme fit rouler son fauteuil hors de la chambre et Teresa le héla :

» – Je suis gravement malade, n'est-ce pas ?

» – Oui.

» – Je vais mourir ?

» – Je l'ignore, répondit-il après un moment d'hésitation. Dieu seul le sait. Nous ferons tout ce qui est en notre pouvoir.

» Elle ferma les yeux et opina du chef :

» – *Dieu seul le sait.* Mon petit ami répétait souvent ces mots. C'était sa réponse à tout. Ça avait tendance à m'agacer, mais à présent je trouve cela très approprié.

» Elle rouvrit les yeux :

» – Merci, docteur.

» – Non, Teresa. C'est moi qui vous remercie.

» – Pourquoi cela ? demanda-t-elle avec le sourire.

» – Pour tout.

» En rentrant chez lui ce soir-là, Herme s'arrêta faire quelques achats dans un magasin de fournitures artistiques : de la peinture, des pinceaux, un carnet de croquis, une paire de toiles et un chevalet. Il n'avait plus peint depuis des décennies, mais, tandis qu'il installait son matériel dans son petit appartement, il se sentit envahi d'une bouffée de pouvoir mêlée d'euphorie. Son talent ne l'avait donc pas déserté et il comprit qu'il était sur le point de créer son plus grand chef-d'œuvre. Herme s'installa et commença à peindre Teresa telle qu'elle était lors de leur première rencontre. Il travailla d'arrache-pied toute la nuit et ne s'arrêta que lorsque vint l'heure de reprendre sa garde à la clinique.

» À son arrivée, un choc l'attendait. L'état de santé de Teresa s'était subitement aggravé : elle était mourante. Il se précipita à son chevet et tenta de la réveiller, mais elle était en train de plonger dans le coma. Ses confrères de la clinique l'encouragèrent à renoncer, mais il s'y refusa et il la veilla tout le jour et toute la nuit, la main dans la sienne. Le tableau était posé contre le mur, toujours emballé, tout prêt pour Teresa. Herme ne s'était pas tourné vers Dieu depuis une éternité, mais ce jour-là il pria de tout son cœur ; pour qu'elle ne meure pas sans savoir qu'à ses yeux elle était la plus belle de toutes les créations de Dieu et qu'elle le serait toujours.

» Le lendemain, à l'aube, Teresa s'éveilla et ouvrit les yeux en murmurant :

» – Docteur ? Vous êtes là depuis longtemps ? Ai-je beaucoup dormi ?

» – Teresa, nous avons tous deux passé la majeure partie de notre vie à dormir. J'ai apporté un miroir. Voudriez-vous y jeter un coup d'œil ?

» Teresa acquiesça et Herme lui présenta son tableau. Et Teresa vit sa jeunesse et l'essence même de la vie se dévoiler sous ses yeux. Son visage s'illumina. Elle observa le reflet de sa beauté, puis se tourna vers Herme. Ce fut comme si toute sa vie venait de lui être révélée, ici dans cette chambre, et elle n'était pas si mal. Ce fut un instant merveilleux, un bref moment de magie dans l'éternité du temps.

» – Herme, dit-elle en l'entourant de ses bras. Mon amour !

» Il la serra contre lui.

» – Teresa…

Kevin marqua une pause :

— Elle retomba dans le coma peu de temps après et mourut dans la journée.

Le visage d'Ilonka était inondé de larmes :

— Qu'est-il arrivé à Herme après ?

— Je ne sais pas.

— Je comprends.

Ilonka avait lu entre les lignes : Kevin *était* Herme et il ignorait ce qui allait advenir de lui. Elle se pencha et effleura ses lèvres d'un baiser.

— C'est ta meilleure histoire.

— Vraiment ? demanda-t-il avec une expression ravie.

— Tu es le meilleur. Je ne te l'ai jamais dit ?

— Non. Et toi, je t'ai déjà dit que tu étais plutôt pas mal ?

Elle rigola :

— *Plutôt pas mal ?* C'est tout ?

Kevin sourit tout en s'accrochant à elle.

— Tu es spéciale à mes yeux.

Ilonka se rassit sur le lit :

— Je peux te demander quelques détails ? Sur ton histoire…

— Seulement si j'ai le droit d'en demander sur les tiennes.

— Marché conclu ! Tu disais que j'étais une des raisons pour lesquelles tu racontais *Le Miroir magique.*

La dernière fois, tu n'as pas répondu à ma question et je n'insisterai pas, mais je n'ai pas pu m'empêcher de remarquer que certains membres du Midnight Club semblaient aussi en faire partie – symboliquement ou littéralement. Déjà, il y a le fauteuil roulant, qui rappelle forcément Anya ; ton talent pour la peinture ; et les médecins qui prennent soin des mourants. D'où ma question : est-ce que *toute* cette histoire parle en fait du Midnight Club ?

Ilonka posait cette question car elle avait relevé une étrange similitude entre l'histoire d'Herme et Teresa et ce qui s'était passé entre Anya et Bill. Elle se demandait si Kevin était au courant. De plus, contrairement à ce qu'elle venait de dire, la jeune femme tenait vraiment à savoir quelle partie de sa personne avait bien pu lui inspirer Teresa. Et enfin elle voulait savoir si *Le Miroir magique* racontait en filigrane d'autres choses qu'elle ignorait à propos des membres de leur groupe. Malheureusement, Kevin resta évasif :

— L'histoire m'est venue naturellement. Je n'ai pas consciemment voulu y intégrer les membres du club. Mais, comme je savais qu'ils seraient les seuls à l'entendre, peut-être que je l'ai fait de manière inconsciente.

— Cette histoire va aussi mourir ici, c'est triste. Si seulement elle pouvait être enregistrée, distribuée... publiée, même !

— Ni toi ni moi n'avons la force de l'écrire. Et les tiennes ? Elles aussi méritent d'être racontées. Ce sont de très beaux contes moraux, remplis de noblesse.

Bien que flattée, Ilonka le morigéna :

— N'exagérons rien.

— C'est sincère, Ilonka. Tes histoires représentent beaucoup pour moi.

La jeune femme partit d'un nouvel éclat de rire :

— C'est juste parce que tu penses en être le héros !

— Je n'ai jamais dit ça.

— Oh si, tu l'as dit… à ta manière.

Elle marqua une pause et prit le temps de réfléchir :

— Peut-être que tu es les personnages que je croyais être. Delius et Padma sont bien plus entières que Shradha et Dharma. Et tu es clairement plus entier que moi…

— Là-dessus, je ne te contredirai pas.

— Non mais dis donc ! s'exclama-t-elle en lui donnant une légère bourrade, comme toujours avec lui.

Il lui adressa une grimace de douleur exagérée.

— Ilonka…

Elle lui saisit aussitôt les mains :

— J'adore t'entendre prononcer mon prénom.

Elle se figea. Ça y était, elle le sentait : l'instant de vérité. Pas besoin d'en faire tout un foin. Elle se dit qu'il était préférable que les choses se déroulent ainsi, dans la tranquille intimité nocturne de sa chambre.

— J'imagine que tu as compris que ce n'est pas la seule chose que j'aime chez toi…

— Hein ? s'exclama-t-il d'un air innocent.

Elle attira ses mains et les posa contre son cœur :

— Dans mes histoires, c'est toujours toi et moi, Kevin. Peu importe qui est qui. Pour moi, tu as toujours fait partie de ma vie. Même avant notre rencontre.

Une larme coula sur sa joue et elle lâcha les mains du jeune homme pour s'essuyer le visage :

— Nom de Dieu, je ne vais quand même pas me mettre à pleurer maintenant ! C'est la honte.

— Non, dit Kevin en balayant la larme à sa place. Tu n'es pas obligée de parler. C'est ce qu'il y a de plus beau dans le fait de se rencontrer au milieu de l'histoire : on se connaît déjà.

Ilonka ne put contenir ses larmes.

— Mais je tenais à te le dire avant qu'il ne soit trop tard. Je voulais l'entendre venant de toi.

Elle se pencha et l'embrassa :

— Je t'aime, Kevin.

— Moi aussi je t'aime, Ilonka. Tu le sais bien.

— Non, je n'en savais rien.

— Eh bien tu le sais, maintenant, dit-il en lui relevant le menton. Pourquoi tu pleures, petite idiote ? Tu t'attendais à ce que je t'offre un gros joyau jaune ? À ce que je dévoile un superbe portrait de toi ? Je regrette, mais je n'ai rien dans les poches à part de la morphine et des mouchoirs !

Cette blague lui arracha un rire mais, la seconde d'après, Ilonka fondit à nouveau en larmes. Elle porta les mains de Kevin à ses lèvres et les embrassa tendrement tout en inclinant la tête, trop honteuse de lui révéler son moi profond, trop terrifiée de ne pas avoir droit à une seconde chance.

— J'ai peur de mourir sans avoir été aimée, dit-elle en sanglotant. Je sais que tu viens de me dire que tu m'aimais et je te crois. Mais j'ai besoin de plus et c'est trop tard pour ça. Dès que je t'ai vu, j'ai voulu te donner mon amour, t'aimer inconditionnellement. Tu comprends ? Je voulais dormir contre toi, te sentir tout près de moi. Kevin... je voulais *faire l'amour avec toi.* Je ne l'ai jamais fait de ma vie et maintenant ça n'arrivera jamais.

Elle secoua la tête et essaya de se reprendre :

— Bon Dieu, j'en reviens pas de te dire tout ça ! Tu dois penser que je suis pathétique !

— Je suis d'accord.

— C'est clair.

— Non, c'est pas ça. Je disais, c'est d'accord : faisons l'amour. Je reste ici cette nuit.

Ilonka faillit tomber à la renverse.

— Tu veux vraiment ?

— Ce serait un honneur.

La jeune fille en resta comme deux ronds de flan. Elle était estomaquée :

— Mais est-ce qu'on peut vraiment ? J'ai plein de cicatrices sur le ventre et, d'après le docteur White, il y a des tumeurs aussi grosses que des oranges là-dedans.

— Tu as peur ? demanda Kevin.

— Évidemment que j'ai peur. Je suis chauve.

— Comment ça ?

— C'est une perruque. La chimio a fait tomber tous mes cheveux.

— Je sais.

— Tu savais ? s'exclama-t-elle, frappée de stupéfaction.

Kevin confirma :

— Oui. Mais c'est pas grave. Moi aussi, j'ai des cicatrices. Tu es en bien meilleur état que moi. Je n'arrive même pas à monter les escaliers. Mais ça n'a aucune importance. On peut faire l'amour sans coucher ensemble. On n'a qu'à enlever nos fringues et se faire un câlin. Ce sera encore mieux qu'au cinéma.

Il l'attira dans ses bras et déposa un baiser langoureux sur ses lèvres. Puis il s'approcha de son oreille et murmura :

— Je ne te ferai aucun mal. Et tu ne me feras aucun mal.

— Tu ne vas pas attraper froid sans tes vêtements ?

— Tu me tiendras chaud.

— Tu ne vas pas mourir pendant la nuit, hein ?

Ce n'était pas une question très subtile, mais cette perspective l'angoissait. Sauf que, pour une fois, son amour était plus fort que sa peur. Avant qu'il n'ait le temps de répondre, elle attira Kevin contre elle et lui fit une promesse :

— Non, ça n'arrivera pas. Je ne te laisserai pas mourir.

Des promesses, elle lui en avait fait *d'autres* au cours de ses vies passées – ou peut-être simplement dans son imagination, un territoire où les choses semblent parfois plus réelles que la réalité elle-même. Il avait fait des promesses lui aussi, mais peut-être qu'à une autre époque ou dans une autre dimension leurs rêves étaient en fait des « souhaits devenus réalité ». Qui sait ? Tandis qu'elle dormait dans les bras de Kevin, tout un fatras de vies *possibles* explosa dans l'esprit d'Ilonka. Des fragments pour la plupart : elle marchait dans la peau d'un vieil homme au milieu des rizières ; elle s'aperçut brièvement comme une petite fille en train de courir dans une prairie de pâquerettes. Et d'autres scènes, bien plus curieuses : elle était une extraterrestre à bord d'un vaisseau spatial, voyageant de monde en monde afin de recueillir des êtres sur lesquels elle menait des expériences parfois bénignes, parfois fatales ; ou une créature proche d'une sirène vivant dans une cité sous-marine à la technologie merveilleusement complexe et avancée.

Mais, ce qui importait vraiment, c'est qu'elle tirait un enseignement de chacune de ses différentes existences et ne refaisait pas *systématiquement* les mêmes erreurs – bien qu'elle ait tendance à répéter certains schémas. En revanche, depuis cette partie la plus élevée de son être – et qu'on aurait pu appeler l'âme –, elle les voyait toutes arriver en même temps. Tout se produisait dans un même instant d'éternité, et c'était le seul et unique endroit où elle ne voulait pas se trouver. Sans cesse, impatiemment, elle guettait un avenir meilleur, ou bien elle restait figée dans son passé, à s'inquiéter de ce qui aurait pu être.

Jamais au cours de toutes ses existences elle n'avait vécu le moment présent.

Elle n'aspirait qu'à être aimée.

Puis elle eut une vision de l'une de ses existences, avec bien plus de clarté cette fois. Elle était un puissant roi marié à une reine qui lui était dévouée. C'était à Lemuria, ce continent perdu du Pacifique qui avait été englouti par les eaux bien avant que l'Atlantide n'ait atteint le pinacle de sa civilisation. Elle vivait dans le bonheur jusqu'à sa rencontre avec une femme qui, disait-on, pouvait octroyer les plus grands des plaisirs, et d'aucuns prétendaient que c'était une sorcière. Bien sûr, cette femme l'intriguait – en tout cas, le *roi* était intrigué. Consciente de cet attrait, la reine s'entretint avec son époux au sujet de cette femme, décidée à lui laisser le choix :

— Elle n'est ni une sorcière ni un ange, dit la reine. Cette femme est une simple mortelle. Mais elle a connaissance d'un secret qui lui accorde le pouvoir de donner aux hommes le plus intense des plaisirs. On l'appelle *le Ravissement*. Durant l'acte sexuel, tout le plaisir se concentre en un seul point du corps. Mais, avec le Ravissement, grâce à une suite d'astucieuses et langoureuses caresses, c'est tout le système nerveux qui est frappé de jouissance. Il multiplie l'extase par deux mille, de même qu'il fait perdre deux mille fois plus de vitalité. Tous ses amants deviennent dépendants de ses charmes et jamais ils ne la quittent. Ils sont comme des serfs, sans le moindre libre arbitre. Ils passent leurs journées à dormir, ne songeant qu'à sa prochaine visite. Va donc la retrouver si tu le souhaites. Mais tout le plaisir physique qu'elle te procurera ne pourra te faire oublier ce qui t'attend ici : mon amour.

Ainsi, le roi se rendit chez l'enchanteresse et la maîtresse du Ravissement fut ravie de le recevoir. Car, malgré le nombre de ses admirateurs, elle luttait pour s'en sortir au quotidien et voilà que le roi de ces terres lui montrait de l'intérêt. Résistant à ses charmes, il voulut mieux la connaître, désireux de savoir si elle était aussi exceptionnelle qu'on le prétendait. Le roi avait cette qualité particulière, celle d'aimer tutoyer le danger, se pensant toujours assez puissant et sage pour s'en tirer au dernier moment. Or, l'enchanteresse vit combien il était puissant, intelligent, et elle en fut impressionnée. Elle n'avait encore jamais rencontré un homme capable de lui résister plus d'une journée. Or, le roi passa plusieurs jours en sa compagnie sans coucher avec elle. De fait, au bout de plus d'une semaine, il vint à elle et déclara :

— Ce fut un plaisir de passer du temps en ta compagnie. Mais je vais rentrer, à présent. Mon épouse me manque.

Entendant cela, l'enchanteresse fut abasourdie :

— Comment peux-tu vouloir t'en aller ? Tu n'as même pas partagé ma couche !

Le roi rit de son effronterie :

— Quelle est donc cette chose que tu fais aux hommes et dont on me rebat les oreilles ?

Elle sourit.

— Oh, je ne leur fais que l'amour ! Comment peux-tu fuir l'amour ?

Le roi n'était pas dupe :

— Je ne ressens pas pour toi ce que je ressens pour ma femme. À savoir l'amour véritable.

Puis, la trouvant tout de même fascinante, il ajouta :

— Mais peut-être nous reverrons-nous et alors je connaîtrai tous les plaisirs de ta compagnie.

Là-dessus, l'enchanteresse eut un sourire sournois, car elle savait que ce que l'on sème un jour peut donner de beaux fruits le lendemain.

— Nous nous reverrons bel et bien, déclara-t-elle. Ce jour-là, je serai le maître et tu me supplieras de te garder auprès de moi.

Entendant ces orgueilleuses paroles, le roi s'inclina, mais il savait qu'elle avait tort.

— Sans doute, se contenta-t-il de dire.

Il retourna auprès de sa reine et vécut heureux jusqu'à la fin de ses jours.

Puis soudain, presque instantanément, dans l'esprit léthargique d'Ilonka, *il* se réincarna au Moyen Âge, en Scandinavie, sous les traits d'une trayeuse sans le sou et accablée d'une maladie de naissance qui l'avait rendue totalement chauve. Elle menait une vie pénible et de peu de joies. C'était une paria, car nombreux étaient ceux qui voyaient en elle un oiseau de mauvais augure. Toutefois, à l'âge de seize ans, elle rencontra un jeune homme dont elle tomba amoureuse. Mais, même s'il lui montrait gentillesse et respect et ne manifestait jamais de peur en sa présence, ses sentiments n'étaient pas réciproques. La jeune fille en souffrit en silence. Elle n'avait jamais autant désiré quelque chose que d'être avec lui. Elle pria Dieu pour qu'ils soient ensemble, quel qu'en soit le prix. Mais ses prières étaient enfiévrées, sans aucune considération pour le bien-être du jeune homme. Ainsi, son vœu maudit lui fut accordé, mais seulement pendant un temps.

Un jour, elle fit la connaissance d'un magicien, un homme capable d'allumer des feux d'un simple geste et dont le regard était aussi froid que le plus rude des hivers. La jeune fille lui plut car, même si elle vivait en paria et n'était pas très jolie, son âme était pure et cette pureté l'attirait comme un puissant parfum. Il voulut l'utiliser afin de servir ses propres desseins. Il voyait en elle une source de lumière dont il pouvait user pour nourrir ses sorts les plus vils. Un jour, il vint à elle dans une église de pierre dans laquelle elle priait Dieu à genoux pour que l'homme de ses rêves lui tombe dans les bras. C'est là, dans cette église, que le magicien lui enseigna la plus perverse de toutes les magies noires, *le Semis*. Il lui en fit la promesse : bientôt, ce garçon lui appartiendrait.

Le Semis était une magie proche du Ravissement. Il permettait de plier les autres à sa volonté grâce aux pulsions sexuelles. Mais c'était une magie subtile et dangereuse. Le Ravissement n'atteignait que le physique, mais le Semis agissait directement sur la psyché des êtres. Grâce au Semis, la jeune fille séduisit le garçon à son gré – autrement dit souvent. Sauf qu'elle n'usa pas de ce pouvoir uniquement sur le garçon mais aussi sur d'autres hommes, car le Semis transformait quiconque s'en servait en personne volage. En vérité, son pouvoir était hautement addictif.

En échange de ce *don,* le magicien exigea de la jeune fille quelque chose en retour : qu'elle soit à sa disposition chaque fois qu'il le demanderait. Elle accepta, bien que l'idée d'être dans les bras de cet homme la répugnât, surtout après avoir été en compagnie de l'élu de son cœur. Car, même si elle avait abusé du garçon de la plus odieuse des manières, elle était vraiment amoureuse de lui. C'était comme s'ils s'étaient déjà rencontrés *avant.* Ses sentiments la firent s'intérroger sur ses agissements. Cette remise en question arrivait au moment où le magicien la sollicita pour une tâche très importante : user de son pouvoir pour séduire un certain comte et lui trancher la gorge dans son sommeil. C'était un vieil ennemi du magicien, qui faisait obstacle à son pouvoir. La jeune fille accepta la mission car le magicien la terrifiait, mais, dès qu'il eut le dos tourné, elle se précipita à l'église et pria Dieu pour qu'il la libère de son influence, le suppliant de lui retirer ce pouvoir maléfique qui lui avait été octroyé.

Tandis qu'elle priait, l'élu de son cœur passa par là et c'est en pleurant qu'elle lui avoua toute la vérité. Bien qu'elle ait abusé de sa confiance, les sentiments du garçon étaient désormais réciproques. En fait, si elle n'avait pas usé du Semis, il aurait fini par tomber amoureux. Il lui pardonna et lui proposa de fuir avec elle. Enchantée par cette perspective, la jeune fille se précipita chez elle et prépara ses affaires pour le voyage. Pendant qu'elle faisait son sac, le magicien fit son apparition et la maudit pour sa trahison. Elle implora sa clémence, mais il n'en eut cure : il la poignarda avec le même couteau qu'il lui avait confié pour supprimer son rival. Puis il partit en la laissant pour morte, étendue dans son sang.

Le garçon la trouva juste avant qu'elle ne meure et lui retira le couteau du ventre. C'était une lame maléfique, forgée par des sorts et plongée dans le poison. Consciente qu'elle allait mourir, la jeune fille pleura, déclarant qu'elle avait gâché sa vie et son amour. Mais le garçon lui dit qu'il ne fallait pas s'inquiéter et il lui fit une promesse : un jour, ils se retrouveraient ailleurs, à une autre époque, et ils seraient à nouveau réunis. À cause du tort qu'elle avait causé, la jeune fille douta que cela puisse advenir. C'est alors que le garçon lui fit une autre promesse :

— Je partagerai tes torts. Ainsi, nous serons ensemble où que le destin puisse nous envoyer. Même si cela doit signifier que notre avenir sera sombre et rempli de souffrance. Car, même au cœur des ténèbres, notre amour sera toujours une lumière.

Ce furent les derniers mots qu'elle entendit avant de mourir.

Ces rêves, ces cauchemars, ces visions… tout était lié. Dans son sommeil, Ilonka s'étira avec difficulté et, par réflexe, elle se tourna pour être dans les bras de Kevin, le bas-ventre transpercé d'une vive douleur qui lui fit revivre en écho sa mort des mains du magicien. Sauf que ce n'était pas une lame, mais le cancer. Cependant, peut-être existait-il un lien entre ce qui était et ce qui avait été.

En tous les cas, elle attira Kevin contre elle et se sentit aussitôt soulagée. Le patchwork de son passé s'illumina et projeta un rayon de soleil sur son avenir. Dans cette lumière, elle vit l'ange Herme en train de peindre sur la voûte étoilée une rayonnante étoile bleue. Elle se tint près de son épaule, comme sa muse personnelle, et sans qu'elle sache pourquoi elle sentit naître l'espoir en observant son art. Elle n'était sûre que d'une chose : un jour, elle voyagerait vers cette étoile.

Drapée dans cette aura d'espoir, Ilonka dormit ce qui restait de la nuit.

Et sans faire le moindre rêve.

Au matin, elle s'éveilla, Kevin endormi à ses côtés. Le soleil brillait à travers la fenêtre ouverte, ce qui l'étonna car elle était persuadée de l'avoir vue fermée au moment où ils s'étaient couchés. Une brise marine agitait doucement les rideaux, fraîche mais pas aussi froide qu'elle l'aurait imaginé. C'était un souffle chaud et doux, comme s'ils étaient passés de l'automne au printemps en l'espace d'une nuit. Il y avait un oiseau sur le rebord de la fenêtre et Ilonka le salua d'un signe. Devant ce geste, l'oiseau s'immobilisa et les observa d'un air interloqué, comme s'il cherchait à définir pour laquelle de ces deux personnes il convenait de continuer à chanter. Ilonka pointa son doigt sur Kevin et le petit oiseau reprit son chant. Ce fut alors que Kevin ouvrit les yeux et demanda :

— C'est toi qui chantes ?

Ilonka se pencha vers lui et l'embrassa – elle l'avait longuement embrassé avant de sombrer dans le sommeil.

— Oui, mon chéri. Je t'avais bien dit que j'avais une jolie voix !

Il lui décocha un sourire :

— Quel beau spectacle dès le réveil.

Il ferma les yeux et poussa un soupir. Son visage était si émacié.

— Et quelle jolie voix.

Elle passa les doigts dans sa chevelure :

— Tu as rêvé, cette nuit ?

— Oui. De toi.

— Moi aussi. C'était sympa, mais je suis contente d'être réveillée.

— Et moi donc.

— Je t'aime, Kevin.

— Je t'aime, Ilonka.

Kevin ne rouvrit plus jamais les yeux. Il mourut dans ses bras quelques minutes plus tard.

CHAPITRE 8

DEUX JOURS PLUS TARD, Ilonka se tenait au bord de la falaise, libérant les cendres de Kevin dans le vent de l'océan. Contrairement à ce qu'il avait demandé, elle ne chanta pas, pas à haute voix du moins. Mais elle avait une chanson dans le cœur. Elle était comblée d'avoir pu lui faire part de ses sentiments avant qu'il quitte ce monde. Et cela comptait énormément à ses yeux qu'ils aient été réciproques.

Les parents de Kevin n'avaient émis aucune objection à ce qu'elle dispose de ses cendres, étant donné qu'il avait laissé des instructions en ce sens dans son testament. Ilonka eut enfin l'opportunité de leur parler. Des gens charmants, en particulier sa mère. Naturellement, la pauvre femme était accablée par le deuil, mais elle semblait trouver du réconfort dans la pensée que son fils unique ne souffrait désormais plus. Ilonka avait écrit une lettre d'excuses à l'attention de Kathy et elle confia à la mère de Kevin le soin de la lui remettre. Dans sa missive, elle lui précisait que Kevin était mort paisiblement. Le docteur White n'avait révélé à personne où Kevin se trouvait lorsqu'il avait poussé son dernier soupir.

Le médecin rendit un autre service à Ilonka. Il lui remit le numéro d'un vieil ami d'Anya – un certain Shizam.

Ilonka appela ce dernier et demanda s'il saurait comment contacter Bill, l'ex-petit ami de sa voisine de chambre. Shizam lui fit la promesse de tout mettre en œuvre pour le retrouver.

Ilonka reçut également un coup de fil de Sandra et elles papotèrent toutes les deux. La jeune fille avait repris le lycée et essayait de rattraper son retard. Elles discutèrent longuement mais pas de choses importantes. Elles vivaient dans deux mondes différents – Sandra redécouvrait la vie, alors qu'Ilonka perdait peu à peu pied avec la clinique, qu'elle appelait son foyer. Son état se dégradait rapidement. Tandis qu'elle parlait avec Sandra, Ilonka se dit que, si elle n'était pas parvenue à raconter une histoire, à vraiment faire partie du club, c'était peut-être parce qu'elle n'était tout simplement pas mourante. Leur précieux Midnight Club… Y en aurait-il jamais un autre ?

Probablement pas dans ce monde-ci.

Depuis la mort de Kevin, Ilonka et Spence ne se voyaient que rarement. Ils étaient tous deux tellement malades qu'ils passaient le gros de leur temps dans leur chambre. Spence avait attrapé une pneumonie et elle pouvait lui être fatale. Le personnel soignant ne lui donna aucun traitement ; on fit juste en sorte qu'il soit soulagé au mieux. De son côté, Ilonka devait prendre six grammes de morphine par jour pour se sentir soulagée, et même avec ça elle avait toujours des douleurs. Mais elle l'endura patiemment. De toute façon, il n'y avait rien d'autre à faire.

Un jour – presque deux semaines après la mort de Kevin – elle reçut la visite du docteur White. Il lui apprit que Spence n'en avait plus pour longtemps et qu'il désirait lui parler dans sa chambre. Le médecin l'y mena en fauteuil roulant et la laissa en compagnie du seul et unique fêtard du Midnight Club. Le nouveau voisin de chambre de Spence était à une réunion de groupe. Pour l'heure, le docteur White n'avait encore assigné aucune nouvelle voisine de chambre à Ilonka et elle lui en était reconnaissante. Elle désirait ardemment passer seule le peu de temps qu'il lui restait à vivre.

Spence avait une mine affreuse. Ilonka lui en fit part et il lui renvoya la balle. Leur situation était tellement désespérée qu'ils préféraient en rire. Mais la jeune fille fut vraiment ébranlée par son apparence. Pendant la courte période durant laquelle ils ne s'étaient pas vus, Spence avait développé ce qui semblait être un cancer de la peau qui lui gangrenait les bras et le visage. Il éprouvait de grosses difficultés à respirer et on avait calé tellement d'oreillers autour de lui qu'il avait l'air d'un squelette en peluche. Des questions plein la tête, Ilonka demanda :

— Alors, quand est-ce qu'on va à Hawaï ?

— Je te l'ai répété un paquet de fois : quand tu veux.

— Ouais, mais tu n'as jamais pris les billets d'avion.

— C'est pas au vieux navet qu'on peut faire une saignée.

Elle rigola :

— C'est un dicton authentique ou tu viens de l'inventer ?

Spence se gratta la tête. Ses cheveux aussi s'étaient raréfiés.

— Franchement, je ne m'en souviens pas.

Un ange passa. Ilonka n'en éprouva aucune gêne. Peut-être était-ce à cause de la morphine ? Ou bien elle était enfin parvenue à accepter son sort et plus rien ne pouvait donc la perturber. Cependant, elle avait toujours en tête de nombreuses questions sans réponse.

Elle rompit finalement le silence :

— Que puis-je pour toi, mon cher ami ?

Spence leva un sourcil :

— Tu penses que j'attends quelque chose de toi ? Peut-être que j'ai juste envie de profiter de ta compagnie pendant quelques minutes.

Il marqua une pause.

— J'avais envie de parler avec toi de certaines choses, finit-il par avouer.

— Vas-y, accouche.

— Est-ce que Kevin t'a raconté la dernière partie de son histoire avant de mourir ? Il a passé sa dernière nuit avec toi, je le sais.

— Qui te l'a dit ?

— Personne. J'ai deviné. Il était pas dans la chambre.

Ilonka hocha la tête.

— Oui, dit-elle. Il m'a raconté comment ça se terminait pour Herme et Teresa. Tu veux que je te raconte ?

— Oui. J'adorerais.

Ilonka lui raconta la fin de l'histoire du mieux qu'elle s'en souvenait. Quand elle eut fini, Spence sourit :

— Il y a une petite touche sympa sur la fin. Je me demandais pourquoi il l'avait appelée *Le Miroir magique.*

Raconter l'histoire de Kevin avait rappelé à Ilonka les nombreuses similitudes entre les personnages et les membres de leur club. Ainsi que les mots échangés lors d'une de leurs séances :

Mais on veut faire un rituel de sang, nous !

Faites-le si vous voulez. Moi, je vais me pieuter.

— N'y a-t-il pas une autre histoire que tu voudrais me raconter ? demanda-t-elle avec prudence.

— Comment ça ?

— Celle de la nuit où Anya est morte, par exemple.

Tout à coup, Spence eut l'air méfiant.

— Eh bien, quoi ?

— Comment est-elle morte ?

— Elle avait le cancer.

— On a tous le cancer, Spence. Il y avait un truc bizarre, cette nuit-là. Je m'en souviens. Après qu'on a eu raconté nos histoires, j'ai eu un mal fou à regagner ma chambre. Je dormais debout et pourtant j'avais fait une grosse sieste dans l'après-midi.

— Et alors ?

— Je me souviens aussi que tu as voulu me servir du vin et que tu as changé mon verre au dernier moment. Tu disais qu'il était poussiéreux.

Elle marqua une pause et reprit :

— Sauf que je n'ai pas vu le moindre grain de poussière dessus.

— Ton verre était crade.

— Oh, il y avait bien quelque chose dans mon verre. Mais dans le *second,* pas dans le premier. Crache le morceau, Spence : avec quoi tu m'as droguée ? Et pourquoi ?

— Tu as trop d'imagination. On t'a vraiment trop farci la tête avec nos histoires à dormir debout.

— Te fous pas de ma gueule. Il y avait bien un truc dans mon vin.

— Si t'étais si persuadée qu'il y avait un truc dedans, pourquoi tu l'as bu ?

— Parce que je suis une conne de Polak. Réponds à ma question, s'il te plaît.

Spence poussa un soupir résigné.

— Du phénobarbital, avoua-t-il. Un gramme. J'en ai saupoudré l'intérieur de ton verre.

— Pourquoi ?

— Je ne peux pas te le dire. J'ai promis.

— Pas besoin de me dire quoi que ce soit. Je déjà tout compris : tu voulais que je sois dans les vapes pour aider Anya à se suicider.

— C'est toi qui le dis, pas moi.

— Et je vois que tu ne nies pas. En revanche, c'est la manière dont elle est morte qui me perturbe. Le docteur White a dit que ça ne pouvait pas être une overdose de médocs. Et, de toute évidence, elle ne s'est pas flinguée.

Ilonka écarta les mains et demanda :

— Du coup, qu'est-ce qui s'est passé ?

— On s'en fout, non ? Elle est morte. Laisse-la reposer en paix.

— Ce n'est pas pour elle que je demande. Ni par curiosité, même si ça me travaille. Si je demande, c'est pour ton bien à toi.

Spence ricana :

— T'inquiète pas pour moi.

— Si, je m'inquiète. Tu es mon ami et quelque chose te préoccupe. Pas besoin d'être psy pour le savoir. Tes histoires étaient très amusantes – les morts par centaines chaque soir et tout ça. Mais, en même temps, on y retrouve un thème récurrent : la colère contre la société et l'ordre établi. D'où te vient toute cette rage ?

— Comme tu l'as si bien dit, tu n'es pas psy. Alors, arrête de m'analyser.

— Pourquoi Anya a-t-elle demandé *ton* aide pour mettre fin à ses jours ?

— Je n'ai jamais dit que je l'avais aidée.

— Pourquoi ta copine n'est-elle jamais venue te voir ?

— Les billets de train étaient trop chers.

— Et pourquoi tu as ces marques sur le visage ?

Soudain, Spence s'enflamma :

— Parce que je suis en train de crever, bordel ! Fous-moi la paix !

Ilonka hocha la tête :

— Ça te rend dingue, pas vrai ? Moi aussi, ça m'a rendue dingue.

Elle se pencha en avant et posa la main sur la sienne :

— Je tiens à toi, Spence. Je ne suis pas venue pour te tourmenter.

Spence retira sa main.

— Pourquoi t'es venue, alors ?

— Tu as demandé à me voir. Tu voulais me parler d'autre chose que de l'histoire de Kevin.

Elle s'interrompit et demanda :

— De quoi es-tu en train de mourir, Spence ?

La respiration hésitante, le jeune homme inspira et se frotta nerveusement les mains. Quand il posa à nouveau son regard sur elle, il exprimait une telle souffrance qu'elle faillit en avoir le cœur brisé.

— Pourquoi tu demandes ? C'est clair que tu l'as deviné : j'ai le sida.

— C'est Caroline qui te l'a refilé ?

Spence déglutit.

— C'est Carl, son vrai nom.

— Tout va bien. Tu n'as aucune honte à avoir.

Spence se mit à crier :

— Qu'est-ce que tu sais de ce dont je devrais avoir honte ou pas ?

Ilonka rapprocha son fauteuil roulant du lit et lui prit la main.

— Raconte-moi.

Il secoua piteusement la tête.

— C'est pas l'heure des histoires.

— Si. C'est l'heure. Peut-être que c'est le matin dans notre fuseau horaire, mais pour nous ? Minuit approche.

C'est bientôt l'extinction des feux, Spence. C'est notre dernière chance de parler tous les deux. Peut-être même ta dernière chance de parler à qui que ce soit. Tu es gay. Et alors ? Il n'y a aucune honte à ça. Il n'y a jamais eu aucune honte à ça.

Spence toussa.

— Pour toi, c'est facile à dire. Mais, quand on est au lycée, notre époque n'est pas si éloignée que ça du Moyen Âge. Oui, je suis gay – je le suis depuis ma naissance. Pas la peine de chercher une raison, il n'y en a pas. Mes parents n'ont pas abusé de moi et je n'ai pas été exposé aux radiations de la centrale nucléaire du coin. Quand on est célèbre, qu'on habite dans le bon État, ou même si on est assez vieux, c'est facile d'assumer son homosexualité. Mais, quand on est ado, on est obligé de la cacher et ne dis pas le contraire. Dans mon lycée, les pédales n'étaient pas considérées comme des vraies personnes : c'étaient des pédales, point. Et moi, je voulais être une vraie personne, Ilonka. Je suis une vraie personne.

— Tu es même une des personnes les plus géniales que je connaisse.

— Tu le dis uniquement parce que tu ne me connais pas si bien que ça. Tu veux savoir qui était Carl ? C'était l'amour de ma vie. On s'est rencontrés quand j'avais quinze ans. Lui, c'était *vraiment* un type génial. Il aurait fait n'importe quoi pour n'importe qui. Il était aussi brillant que Kevin. Le rencontrer, c'était comme trouver une bouée au milieu d'un océan déchaîné. Je me suis accroché à lui de toutes mes forces et c'était cool, parce que ça n'a pas entamé ses sentiments pour moi.

— Je suis contente que tu te sois trouvé quelqu'un de spécial, déclara Ilonka.

Spence eut un geste d'impuissance.

— Il y a environ deux ans, j'ai passé un test VIH. Je pensais qu'il valait mieux que je me fasse dépister. Avant Carl, j'avais un amant. Bref, pour te la faire courte, j'ai été testé positif.

— Je vois.

— Je n'ai rien dit à Carl.

— Pourquoi ?

Spence avait les larmes aux yeux.

— Parce que je l'aimais et j'avais peur de le perdre s'il apprenait que j'étais malade. Tu ne comprends donc pas ce que j'ai fait ? Je l'aimais et je l'ai tué !

— Il est mort ? Mais alors, qui t'envoie toutes ces lettres ?

— Je me les écris tout seul, répondit-il à voix basse.

— Tu n'as aucune idée de si tu l'as tué ou pas. C'est peut-être lui qui t'a refilé la maladie.

— J'en doute sérieusement. Carl n'était pas du genre à coucher à droite à gauche.

— Tu n'en sais rien, insista Ilonka.

— C'est ça : je n'en sais rien et je ne le saurai jamais. Mais je n'arrête pas de penser à comment il était une semaine avant sa mort. Il avait l'air tout juste bon à être brûlé ou enterré.

Spence désigna le miroir sur le mur opposé et ajouta :

— Tout comme moi en ce moment.

— Je suis désolée.

— Je lui ai dit la même chose ! Mais c'était trop tard, dit-il en enfouissant son visage entre ses mains. Le pire dans l'histoire, c'est qu'il ne m'en a jamais tenu rigueur.

— Même si c'est toi qui l'as contaminé, le temps que tu le découvres, il était probablement déjà trop tard.

Ilonka se pencha vers lui et le prit dans ses bras. Spence sombra dans son étreinte, les joues inondées de larmes. Il avait tellement maigri – elle aussi. Elle ne se rappelait pas le dernier repas complet qu'elle avait mangé.

— Tu dois arrêter d'y penser, dit-elle. Tu ne peux pas mourir en te tourmentant de cette manière.

— J'ai essayé. Mais ça m'obsède. Ce que j'ai fait… Personne ne pardonnerait une chose pareille !

— Mais il t'a pardonné, lui.

Spence enfouit son visage contre sa poitrine.

— C'est trop tard. Aucun des mots que tu diras ne me fera me sentir mieux. Je vais mourir comme ça. C'est tout ce que je mérite.

Elle lui caressa la tête :

— La nuit dernière, j'ai fait un rêve. J'étais une sorcière et je manipulais un jeune homme. L'ironie, c'est que j'étais amoureuse de ce type. Je n'en suis pas certaine, mais je pense que c'était Kevin. Bref, il y avait aussi ce méchant sorcier qui m'a poignardée au ventre et, quand le type m'a retrouvée, je me vidais de mon sang. Je m'étais jouée de lui et pourtant il m'aimait quand même. Pendant que j'agonisais, il m'a dit que nous nous reverrions, au ciel ou dans une autre vie terrestre. J'ai eu des doutes. Avec toutes les horreurs que j'avais faites, je pensais ne pas avoir le droit d'être avec lui. Mais, juste avant que je meure, il m'a dit une chose et ses paroles m'ont accompagnée pendant que je dérivais dans l'autre monde. Il a dit que, quels que soient mes torts, il en partagerait les conséquences pour que nous puissions toujours rester ensemble, où que nous soyons. En toute franchise, je crois que c'est pour cette raison que nous nous trouvions ici, Kevin et moi. Il ne méritait pas de se retrouver là. Je crois qu'il est venu m'enseigner une leçon. Une leçon que le Maître a essayé de m'apprendre dans chacune de mes vies antérieures.

Spence releva la tête :

— Et qu'est-ce que c'est ?

— Ça va te sembler vraiment kitsch.

Spence prit un Kleenex et se moucha.

— Je me sens d'humeur kitsch.

— Je pense être sur terre pour apprendre l'amour divin – selon moi, c'est notre but à tous. Apprendre à aimer de la même manière que Dieu nous aime.

Spence toussa.

— Si Dieu nous aime à ce point, pourquoi il a inventé le sida ?

— Si tu n'avais pas attrapé le sida, je n'aurais pas pu te faire l'offre que je m'apprête à te faire.

— C'est-à-dire ?

— Si tu es persuadé d'avoir commis un acte impardonnable, alors je suis prête à partager le poids de tes péchés. Comme ça, quand on mourra, si on se retrouve devant Dieu pour notre jugement, je lui dirai que je suis autant à blâmer que toi et que la moitié de ton châtiment doit me revenir.

Spence resta incrédule.

— Je ne pense pas que tu aies le droit de faire ça.

— Kevin l'a fait.

— C'était qu'un rêve.

— J'ai l'impression que le monde entier n'est qu'un rêve.

— C'est à cause de toute la morphine dont tu te gaves.

— Tu acceptes mon offre, oui ou non ?

— Pourquoi tu me proposes ça ?

— Parce que je t'aime, Spence. Tu es mon pote.

— Tu crois vraiment que Dieu va nous recevoir en jugement ensemble ?

— Non, ça je l'ai inventé pour que ça ait l'air plus dramatique. Mais tu devrais vraiment arrêter d'être aussi dur avec toi, Spence. Cela dit, si tu n'y arrives pas, je l'accepte.

Avec un petit sourire malicieux, elle reprit :

— On ira en enfer ensemble !

Spence s'illumina :

— Imagine toutes les histoires qu'ils doivent se raconter en bas.

— Je suppose que le Midnight Club y siège pour toujours.

Spence se pencha et lui donna une accolade. Puis il déposa un baiser sur sa joue.

— Ce que tu as dit me touche beaucoup. Peut-être que tes rêves sont magiques. C'est ce que disait toujours Kevin. Ça fait du bien de partager mon fardeau. J'avais envie de te le dire depuis longtemps.

— Kevin était au courant ?

— Je n'ai rien dit, mais je pense qu'il avait deviné. Il était plutôt perspicace. Mais Anya savait.

— Tu lui as dit ?

— Elle connaissait Carl. Ils habitaient le même quartier.

Spence relâcha Ilonka et se rassit avant de poursuivre :

— Je l'ai étouffée jusqu'à ce qu'elle meure. C'est elle qui me l'a demandé.

— Elle ne supportait plus de souffrir ?

Spence poussa un soupir :

— Vers la fin, c'était vraiment chaud pour elle. La morphine ne lui faisait plus aucun effet. Elle m'a dit que, au vu de ma culpabilité, j'étais le seul capable de la tuer. Elle l'a dit d'un ton détaché, pas pour se montrer cruelle. J'ai compris où elle voulait en venir – je ne lui en ai pas tenu rigueur.

Puis, avec un haussement d'épaule, il ajouta :

— J'imagine que tout est plus facile la deuxième fois.

— Ça n'a pas dû être simple pour toi.

Spence opina du chef :

— C'est pire que ce que tu imagines. J'ai pris son oreiller et je l'ai pressé sur son visage. Je l'ai entendue qui s'étouffait – et tu étais en train de dormir paisiblement à moins de deux mètres. Je me répétais en boucle que je ne faisais que lui accorder ce dont j'avais privé Carl. Je sais que ça n'a pas beaucoup de sens mais, plus que sa vie, j'ai le sentiment d'avoir volé à Carl sa dignité. Il a morflé avant de mourir et Anya m'a dit qu'elle voulait partir avec un peu de dignité. Je lui devais au moins ça.

— Ce que tu as fait était très courageux.

— Tu crois que Dieu verra la chose comme ça ? demanda-t-il, authentiquement désireux d'avoir son opinion.

— Il réduira probablement un peu notre sentence en enfer.

Enfin, Spence fit un sourire.

— Après ça, on sera sûrement réincarnés en pingouins dans l'Antarctique, là où la couche d'ozone est complètement niquée. Et on se retapera un cancer de la peau.

— Qui a pris les affaires d'Anya ?

La question le figea.

— J'en sais rien.

— Spence… ne me mens pas.

— Je suspecte que c'était Kevin. Après avoir tué Anya, je suis revenu ici. Il s'est levé et il est parti. Ça m'a surpris, parce qu'il avait du mal à se déplacer à cause de sa jambe. Il m'a dit qu'il avait un truc à faire. Il savait que je t'avais droguée et que je venais d'étouffer Anya dans son sommeil. On ne pouvait rien lui cacher, à ce mec. Bref, je crois que c'est lui qui a pris ses affaires.

— Mais pourquoi aurait-il voulu me berner ?

— Tu l'as dit toi-même dans ton histoire avec Delius et Shradha. Après la mort de sa fille, son seul réconfort, c'était que l'esprit de son enfant était revenu chercher ses affaires.

— Sauf que ce n'est pas ce qui s'est passé, protesta Ilonka.

— Je le sais. Kevin le savait aussi. Mais, jusqu'à ce que ton Maître révèle la vérité à Shradha, ce leurre la rendait heureuse. Kevin voulait que la mort d'Anya soit plus supportable pour toi et aussi faire en sorte que tu affrontes la tienne en te faisant croire qu'une autre vie t'attendait après.

— J'y croyais déjà.

— Mais Kevin m'a dit que tu avais quand même peur.

— C'est vrai.

Ilonka demeura pensive pendant un moment, puis elle se mit à rire :

— Alors Kevin pensait *vraiment* qu'il était Delius et que j'étais Shradha ! Et il a tout nié en bloc. Le sale hypocrite !

— C'était pas pour te blesser.

— Je sais, dit-elle en soupirant. Ça ne lui serait jamais venu à l'esprit.

Spence trouva ce choix de mot très amusant.

— Tu as d'autres questions ? demanda-t-il.

— Non.

— Plus de mystère à résoudre ?

— Non. Le plus grand des mystères ne sera résolu qu'après notre mort. Nous avons nos histoires, nos rêves et nos croyances, mais d'ici là le reste n'est que spéculations.

Spence toussa :

— Au moins, on n'aura pas à se prendre la tête bien longtemps.

Ilonka sourit tristement.

— Ça, c'est bien vrai.

CHAPITRE
9

LES JOURS PASSÈRENT INEXORABLEMENT. Ilonka avait l'impression de traverser un long tunnel sombre dont elle imaginait – elle *souhaitait* pour être plus exact – qu'il se termine par une lumière. Ses douleurs empirèrent à un point tel qu'elle ne fut bientôt plus capable de quitter son lit. Le docteur White passait la voir tous les jours et il lui laissait encore la chambre pour elle toute seule. Le médecin devait probablement savoir qu'elle n'en avait plus pour très longtemps. Chaque jour, il lui apportait du chocolat suisse, quatre petits carrés – la seule chose qu'elle parvenait encore à avaler. Elle les laissait fondre sur sa langue avant de se rincer la bouche avec une gorgée d'eau. C'était toujours plus sympa que les plantes médicinales.

Un après-midi, alors qu'elle était allongée sur son lit comme à son habitude, on frappa à la porte.

— Entrez, dit-elle d'une voix douce.

Un jeune homme à l'allure étrange entra dans la chambre.

Les paroles d'Anya lui revinrent aussitôt en mémoire :

Au début, je lui ai trouvé un drôle d'air. Il avait des cheveux roux bizarres et une boucle d'oreille tellement énorme qu'on aurait dit qu'il l'avait fauchée à une tribu africaine.

Le portrait craché de son visiteur.

— Bill, dit Ilonka avec ravissement.

Le jeune homme eut l'air mal à l'aise :

— Un pote m'a envoyé un message. Il paraît que tu voulais me voir.

— Oui, répondit-elle en se redressant du mieux qu'elle le pouvait.

Le moindre mouvement était une torture. Elle dut reprendre son souffle avant de pouvoir parler.

— J'étais amie avec Anya Zimmerman, déclara-t-elle. Ton ami t'a dit qu'elle était morte ?

En dehors d'un tic qui agita sa joue, il ne manifesta aucune émotion.

— Ouais.

— C'était ma voisine de chambre. Elle m'a parlé de votre histoire – de votre rencontre jusqu'à la rupture. C'était son lit, en face. Tu peux t'y asseoir si tu veux.

— D'accord.

Bill jeta nerveusement un coup d'œil vers le lit, puis il posa ses fesses sur le bord du matelas.

Ilonka reprit :

— Comme je le disais, Anya m'a dit comment les choses se sont terminées entre vous. Elle était en larmes.

Bill parut intrigué. En dépit de ses cheveux, il était plutôt beau gosse. Son regard était acéré. Anya avait précisé à Ilonka qu'il voulait devenir inspecteur de police.

— J'imagine que ça n'a pas collé avec l'autre gars, déclara-t-il avec diplomatie.

— L'autre gars ne représentait rien pour Anya. Elle ne savait même pas ce qu'elle fichait avec lui. Avec toi, elle était heureuse. Est-ce que ça t'arrive de te sentir le type le plus heureux du monde, puis de croire que tu ne le mérites pas ? Et de tout à coup tout foutre en l'air ?

— Ça ne m'est jamais arrivé, mais je comprends ce que tu veux dire.

— Tant mieux, parce que je m'exprime mal. Tout ça pour dire qu'Anya t'aimait et elle était désolée de ce qui est arrivé. Elle voulait te le dire en personne avant de mourir, mais elle était trop accablée par la maladie et la honte.

Soudain, la lèvre de Bill se mit à trembler et il la mordit :

— Je suis heureux de le savoir.

Il marqua une pause et posa avec hésitation sa paume sur le matelas.

— Est-ce qu'elle a beaucoup souffert ? demanda-t-il.

— Oui. Mais à la fin elle était avec ses amis. Ça l'a aidée.

— J'aurais aimé pouvoir l'aider aussi, dit-il avec sincérité.

Ilonka lui adressa un sourire.

— Elle avait une boîte remplie de certaines affaires. Le docteur White – le médecin en chef – ne savait pas quoi en faire. Elle est par terre, près du placard. Prends-la, je t'en prie. Je sais qu'elle aurait aimé que tu l'aies.

Bill se pencha pour prendre la boîte et la posa sur le lit. La première chose qu'il en retira fut la statuette en argile inachevée qu'Anya lui avait sculptée pour la Saint-Valentin. Celle des deux amoureux en train de se tenir la main. Bill la souleva, sans la reconnaître. Ilonka supposa qu'il n'avait gardé que certains souvenirs de cette fameuse nuit.

Mais la jeune femme se souvenait de chaque détail de la sculpture.

La seule chose qu'il ait cassée, c'est ma jambe droite.

Pourtant, la statuette n'était pas cassée : la jambe droite de la fille était intacte.

Ilonka eut un hoquet de surprise :

— Fais-moi voir.

Bill obtempéra aussitôt et Ilonka étudia la statuette sous toutes les coutures.

Aucun joint visible.

Comme si la jambe n'avait *jamais* été cassée.

— Qu'est-ce qu'il y a ? demanda Bill d'une voix inquiète.

Ilonka poussa un murmure :

— C'est le signe…

— De quoi tu parles ?

— Bill… Tu connais ce dicton ? Comme quoi le temps guérit toutes les blessures ?

— Ouais.

— Imagine qu'on ait plus de temps. Tu crois que l'amour pourrait guérir ce qui reste ?

— C'est une idée qui me parle. Dis-moi, qu'est-ce qu'elle a de si spécial, cette statuette ?

Ilonka ferma les yeux et pressa la sculpture contre son cœur :

— La mort n'a pas pu les séparer. Ils étaient hors d'atteinte.

Ilonka sentait que la statuette revenait de droit à Bill et il repartit finalement avec. Mais le miracle demeurait. Ilonka essaya de joindre Spence pour tout lui raconter, mais le docteur White lui apprit que le jeune homme était tombé dans un profond coma. Cette nouvelle l'attrista mais, à présent, elle acceptait autant la joie que le chagrin. Aucun de ces deux sentiments ne pouvait exister sans l'autre. Elle se rallongea sur son lit et se reposa.

Un jour et une nuit s'écoulèrent. Le lendemain, le docteur White vint lui annoncer la mort de Spence. *Et de trois… Il n'en reste plus qu'un,* songea-t-elle. Quelle histoire formidable cela aurait fait. Ilonka pleura en apprenant la nouvelle, mais pas longtemps. Elle était trop épuisée.

Puis elle perdit la notion du temps et elle dériva dans le long et sombre tunnel sur des eaux apaisantes. Le soleil se levait et se couchait. La Terre tournait sur elle-même. Chaque jour, la jeune fille inspirait et expirait, son souffle de plus en plus court, mais toujours plus calme.

Jusqu'à ce que, un matin, le soleil filtre par la fenêtre ouverte de sa chambre et la brise marine fasse voleter les rideaux entrouverts. Ilonka s'éveilla au chant d'un oiseau.

Sur le bord de la fenêtre, une colombe l'observait et, quand elle la regarda à son tour, l'oiseau tourna la tête en direction du soleil. Ilonka suivit son regard et fut étonnée de découvrir qu'en dépit des rayons du soleil une étoile bleue brillait dans le ciel. Elle scintillait, tel un joyau d'une valeur inestimable. Ilonka la fixa longuement et, alors que ses paupières commençaient à se fermer, d'autres étoiles apparurent dans le ciel, l'une après l'autre, jusqu'à ce qu'il soit percé de points lumineux qui ne scintillaient pas. Le soleil était de plus en plus radieux, mais la galaxie brillait de mille feux et, lentement, la jeune femme ferma les yeux pour la toute dernière fois.

ÉPILOGUE

LE CARGO *SPACE BEAGLE III* quitterait Sirius dans moins d'une heure. Dans l'espace, Eisokna se tenait sur la plate-forme d'observation du gigantesque vaisseau. Elle baissa la tête vers les couleurs bleu et blanc de la planète Terre. À sa gauche, le soleil brillait intensément, cerné par les étoiles. La Terre avait été son foyer pendant toute sa vie et voilà qu'elle et son mari la quittaient, probablement pour de bon. Cette pensée fit naître en elle un sentiment de tristesse mêlé d'euphorie.

Elle appuya son visage contre la paroi de plastique qui la séparait du vide stellaire. La buée de son souffle se répandit autour d'elle sur la surface rigide tel un brouillard fantomatique ; il faisait frais sur la plate-forme. Avec Karlen, son époux depuis peu, ils avaient travaillé dur pour rendre ce voyage possible et faire partie des premiers colons de Treta, la sixième planète du système solaire de Sirius. Le rêve de toute une vie allait s'accomplir, elle le savait, et le meilleur dans tout ça, c'est qu'ils allaient le réaliser ensemble. Pourtant, elle se sentait triste. Elle voulait saluer son monde, le remercier pour tout ce qu'il lui avait apporté, mais elle ignorait comment faire.

Tout à coup, alors qu'elle était aussi figée qu'une statue, Eisokna entendit le chant d'un oiseau. Elle fut envahie d'une vague de nostalgie si puissante qu'elle en eut les larmes aux yeux. Une larme toucha la surface de plastique et la terre se troubla à sa vue. D'où venait ce chant d'oiseau ? C'était une merveilleuse mélodie. C'était comme s'il se tenait tout près de son oreille.

Des bras fermes et puissants l'enlacèrent dans son dos.

L'étreinte de Karlen la détendit. Il déposa un baiser au creux de son cou :

— Prête à partir ?

— Je n'en sais rien, répondit-elle en reniflant. J'étais là, en train de regarder la Terre, et c'est comme si je disais au revoir à une vieille amie. Mais j'ai aussi eu l'impression que tout était réglé entre nous et que je pouvais enfin passer à autre chose. Tu vois ce que je veux dire ?

Karlen vint à ses côtés et la serra contre lui.

— Non, répondit-il, en souriant malgré tout.

Eisokna rigola ; Karlen la faisait tout le temps rire.

— Moi non plus, reconnut-elle. Tu es censé être mon meilleur ami.

Alors qu'elle essuyait ses larmes, elle se pencha vers lui et l'embrassa. Elle était heureuse ; elle avait l'impression d'avoir attendu ce bonheur toute sa vie et elle était bien décidée à en profiter. Le chant de l'oiseau s'estompa dans le lointain et finit par s'évanouir.

— Oui, dit-elle. Je suis prête à partir.

Pour l'éditeur, le principe est d'utiliser des papiers composés de fibres naturelles, renouvelables, recyclables et fabriquées à partir de bois issus de forêts qui adoptent un système d'aménagement durable. En outre, l'éditeur attend de ses fournisseurs de papier qu'ils s'inscrivent dans une démarche de certification environnementale reconnue.

Composition et mise en pages : Nord Compo

PAPIER À BASE DE FIBRES CERTIFIÉES

hachette s'engage pour l'environnement en réduisant l'empreinte carbone de ses livres. Celle de cet exemplaire est de : 450 g éq. CO_2
Rendez-vous sur www.hachette-durable.fr

Achevé d'imprimer en Espagne par Rodesa
Dépôt légal 1re publication : février 2021
15-2193-0 – ISBN : 978-2-01-628527-5
Édition : 01 – Dépôt légal : février 2021